Elogios para *Gabi, fragmentos de una adolescente*

"Conoce a Gabi, la 'gordita' de Isabel Quintero, que a veces come y a veces se mata de hambre, pelea y escribe, todo para sobreponerse a la presión de los amores de la preparatoria, la aprobación religiosa y los tabúes culturales mexicanos. No se me ocurre otro libro para jóvenes que sea más intenso, intrépido, auténtico y relevante". —Juan Felipe Herrera

"Creyendo que no es lo suficientemente mexicana para su familia ni lo suficientemente blanca para Berkeley, Gabi enfrenta cada obstáculo con la frente en alto, un humor vulgar y una honestidad sincera... Una perspectiva refrescante en torno a los estereotipos contra las gorditas y las chicas que viven su sexualidad. El trabajo de Quintero está a la par de *Yaqui Delgado quiere darte una paliza*, de Meg Medina, y de *Negocios*, de Junot Díaz, ambas, novelas de iniciación con protagonistas latinas". —*School Library Journal*

"Los lectores no se olvidarán de Gabi, una chica que se enfrenta a las ideas preconcebidas de 'la chica buena' impuestas por su familia, su cultura y la sociedad. Una exploración fresca, auténtica y honesta de la identidad latina contemporánea". —*Kirkus Reviews*

"La primera novela de Quintero establece una voz fuerte y una nueva perspectiva de la cultura mexicoamericana a través de Gabi, una chica inteligente y divertida que sabe reírse de sí misma".   —*Publishers Weekly*

"Leer la primera novela de Quintero es como ir a una fiesta familiar: repleta de gente, ruido y emociones que dan lugar a un ambiente jubiloso".   —*Booklist*

"El diario de Gabi es trágico, divertido e inteligente. Estoy seguro de que también es una de las lecturas más diversas y completas de hoy".   —John Hansen, *The Guardian*

"Mientras reflexiona sobre las experiencias de una gordita mexicoamericana, la primera novela de Quintero abarca numerosos temas universales: desde las relaciones familiares hasta la exploración sexual. La voz de Gabi en su diario, reflejada en sus poemas, prosa, listas y conversaciones, es divertida, inteligente, llena de maravillas y brutalmente honesta".   —*VOYA Magazine*

"La voz de Gabi es completamente bicultural y bilingüe; a través de la novela encuentras español e inglés de la manera en que es usado en nuestras familias: una mezcla loca de Spanglish. Además, Gabi es atrevida. Dirá todas las cosas que no deben decirse sobre su cuerpo, su sexualidad y las reglas injustas que rigen a los chicos y chicas latinos".

—Meg Medina, autora de *Yaqui Delgado quiere darte una paliza*

"En su último año de preparatoria, Gabriela Hernández se ve en el dilema de no ser lo suficientemente mexicana, y de querer hacer las cosas que hacen las chicas blancas, al menos eso dice su mamá. Para entender mejor el mundo que la rodea, Gabi lleva un diario en donde habla de sus problemas de autoestima y de peso, además de hablar del embarazo de su mejor amiga, Cindy, y de la salida del clóset de su amigo Sebastián". —Karen Hildebrand, *Literacy Daily*

"Ojalá hubiera existido un libro así en mi juventud, pero al menos puedo leerlo ahora y disfrutar la gracia y el humor de una autora que trata temas tan intensos. Isabel Quintero nos recuerda el poder transformador de llevar un diario". —Stacey Lewis, *City Lights Publishers*

"La novela de Isabel Quintero, *Gabi, fragmentos de una adolescente*, gira en torno a una joven mexicoamericana de piel clara... Al igual que Gabi, yo también siento constantemente que tengo que confirmar mi identidad". —Melissa Lozada-Oliva, *The Guardian*

ISABEL QUINTERO

Gabi,
fragmentos de una ~~gordita~~ ~~fatgirl~~ adolescente

Isabel Quintero es una reconocida escritora del sur de California. Es hija de inmigrantes mexicanos. Además de *Gabi, fragmentos de una adolescente*, Quintero ha escrito una serie de libros para jóvenes lectores titulada *Ugly Cat and Pablo* (Scholastic Inc.); una biografía gráfica, *Photographic: The Life of Graciela Iturbide* (Getty Publications, 2018), la cual recibió el Boston Globe Horn Book Award; y el libro infantil ilustrado *My Papi Has a Motorcycle* (Kokila, 2019). Isabel también escribe poesía y ensayos. Puedes encontrar algunos de sus textos en *The Normal School, Huizache, The Acentos Review, As/Us Journal, The James Franco Review* y otras publicaciones.

Gabi,

fragmentos de una

~~gordita~~

~~fatgirl~~

adolescente

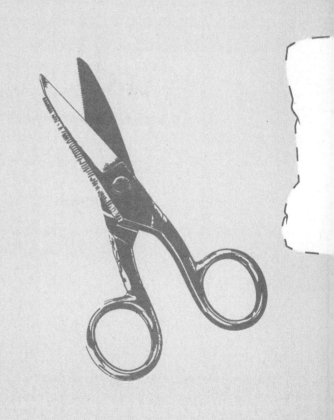

Gabi,
fragmentos de una
~~gordita~~
~~fatgirl~~
adolescente

ISABEL QUINTERO

TRADUCCIÓN DE MARÍA LAURA PAZ ABASOLO

VINTAGE ESPAÑOL
UNA DIVISIÓN DE PENGUIN RANDOM HOUSE LLC
NUEVA YORK

PRIMERA EDICIÓN VINTAGE ESPAÑOL, SEPTIEMBRE 2020

*Copyright de la traducción © 2020
por Penguin Random House LLC*

Todos los derechos reservados. Publicado en los Estados
Unidos de América por Vintage Español, una división de Penguin
Random House LLC, Nueva York, y distribuido en Canadá por
Penguin Random House Canada Limited, Toronto. Originalmente
publicado en inglés bajo el título *Gabi, A Girl in Pieces* por Cinco
Puntos Press, El Paso, en 2014. Copyright © 2014
por Isabel Quintero.

Vintage es una marca registrada y Vintage Español
y su colofón son marcas de Penguin Random House LLC.

Información de catalogación de publicaciones disponible
en la Biblioteca del Congreso de los Estados Unidos.

**Vintage Español ISBN en tapa blanda: 978-0-593-08226-3
eBook ISBN: 978-0-593-08227-0**

Para venta exclusiva en EE.UU., Canadá, Puerto Rico y Filipinas.

www.vintageespanol.com

Impreso en los Estados Unidos de América
10 9 8 7 6 5 4 3 2 1

En primer lugar, para la persona que me leyó por primera vez y me enseñó que las palabras importan, que te cambian.

Gracias, mamá.

En segundo lugar, para todas las gorditas, las flaquitas y las chicas término medio que intentan encontrar su lugar en el mundo.

No se preocupen, lo encontrarán.

—Isabel Quintero

Gabi

24 de julio

Mi madre me llamó Gabriela en honor a mi abuela materna, quien, por cierto, no quiso conocerme cuando nací porque mi mamá no estaba casada, es decir, vivía en pecado. Mi mamá me ha contado muchas, muchas, *muchas* veces que mi abuela la golpeó cuando le confesó que estaba embarazada de mí. *¡Le dio una paliza!* A los veinticinco años.

Esa es la base de mi educación sexual.

Cada vez que salgo con alguien, mi mamá me dice: "Ojos abiertos, piernas cerradas". Hasta ahí llega la conversación de las abejitas y las flores. Y por mí está bien, aun si no estoy enteramente de acuerdo con toda esa basura de "esperar hasta que te cases". O sea, esto es Estados Unidos, y es el siglo XXI, no México hace cien años. Pero, claro, no se lo puedo decir a mi mamá porque pensaría que soy mala.

O peor: que intento ser blanca.

25 de julio

Queda menos de un mes para que empiecen las clases otra vez. Qué asco. No es que no quiera volver a la escuela (sí quiero), pero también quiero seguir holgazaneando sin hacer nada, comer algunos tacos, comer más helados de Rocky Road de los que venden en Rite-Aid y así tener un pretexto para hablar con el tipo guapo que trabaja ahí, el del brazo tatuado, aunque lo obligan a cubrirse porque al parecer Rite-Aid quiere ser elegante. No es que me haya pedido mi teléfono, pero, bueno, al menos puedo decir que me ha dado algo dulce.

Lo que más quiero hacer antes de que terminen las vacaciones de verano es probar las nuevas alitas superpicantes de Pepe's House of Wings, que para mi conveniencia está a una cuadra de aquí. Dicen que pican tanto que te hacen firmar una hoja asumiendo la responsabilidad antes de llevártelas a la boca. Lo cual me hace pensar en qué horrible cosa pudiera suceder cuando te las comes. ¿Es posible que te dé un infarto por ingerir demasiada capsaicina? (Me gusta esa palabra. Me hace sentir científica). "Muerta por digerir alitas ardientes". Suena mítico. Tal vez dejes de respirar, y como estás tan drogado con el picor de las alitas, no te importe, porque es lo mejor que has comido en la vida y sientes que los ángeles te llevan al cielo mientras tu boca se incendia en la Tierra.

Pero, con mi suerte, lo más probable es que solo me dé diarrea.

Ahora mismo, sin embargo, lo que tengo que hacer es limpiar mi cuarto antes de que mi mamá vea los pequeños tesoros que guardo debajo de la almohada. Esa mujer siempre encuentra mis provisiones.

Por la tarde...

Bueno, fui con Cindy y Sebastián a comer las alitas de Pepe's House of Wings. Mis mejores amigos son unos debiluchos cuando se trata de comida picante, y solamente comieron alitas *barbecue* y con pimienta y limón. Gallinas. En cambio, yo me comí las alitas superpicantes (más conocidas como "Caliente Caliente"). Me sentí importante firmando la hoja, como si estuviera a punto de hacer algo épico, audaz, peligroso, por el bien de toda la humanidad, dispuesta a ofrecer mi vida para lograrlo. Por supuesto, es muy propio de mí que lo más peligroso que haya hecho hasta ahora esté relacionado con la comida.

Nota mental: perder un poco de peso. Ya es mi último año.

Más tarde...
Tenía razón. Me dio diarrea.

28 de julio

¿Qué carajos acaba de pasar?
Fue un día muy largo. Me voy a dormir.

29 de julio

Ayer fue irreal. Cindy me llamó para pedirme que fuera a su casa porque tenía que decirme algo. La última vez que uno de mis amigos hizo eso fue cuando Sebastián me contó que era gay. Me llamó y me dijo que tenía que "decirme algo". Como si yo no lo hubiera sabido. Lo conozco desde tercero y siempre ha sido gay. Pero me dio gusto que saliera del clóset por fin, al menos conmigo. También fue chistoso. Me llevó a Denny's y dijo:

—Gabi, tengo algo que contarte. —Yo me quedé con cara de "Ay, Dios, me va a decir que es gay"—. Ah, no puedo ni decirlo.

Escribió "Soy gay" en una servilleta, y me la entregó. La leí y no pude evitar murmurar:

—Ya sé.

Los dos nos reímos y fue un alivio. Ahora solo le falta contarles a sus papás.

Pero cuando Cindy dijo que quería decirme algo, me pregunté cuál sería mi reacción si me decía que era lesbiana. Iba a ser de lo más incómodo, ¿no? O sea, nos hemos vestido juntas, hemos nadado desnudas en su piscina. ¿Eso debería preocuparme? Lo dudo. No creo que me estuviera mirando (mucho) porque, seamos realistas, ¿quién anda mirando a la gorda?

Pero Cindy no me dijo que era lesbiana, cosa que hubiera sido mucho más fácil de manejar.

La onda es que está embarazada.

¿Embarazada? ¿En serio? ¡Qué demonios! Ni siquiera sabía que hubiera tenido sexo. O que tuviera novio. ¿Qué clase de mejores amigas somos? Supongo que la clase que no comparte intimidades. (Espero haber usado la palabra "intimidades" correctamente. Necesito ponerme otra vez el chip mental de la escuela). En fin, me enojé tanto. Me enoja y me decep-

ciona. No que hubiera tenido sexo, sino que lo hubiera hecho sin protección. Que se convirtiera en una estadística más: mamá adolescente hispana #3,789,258, o alguna de las cifras ridículas que nos dijeron el año pasado y de las que juramos nunca formar parte. Incluso criticábamos a las chicas a quienes se les notaba el embarazo y les llamábamos estúpidas.

—Cuando nosotras tengamos sexo, vamos a usar condón.

—Lo dijimos con tanta seguridad.

Nuestra conversación se dio más o menos así:

Yo (sentada cómodamente en la silla de su escritorio, dando vueltas): ¡Hola, muchacha! ¿Qué es eso tan urgente que me hizo dejar a medias un paquete de Oreo escondido entre mi ropa interior?

Cindy: Es que vi... *eso*.

Yo: ¿*Eso?* ¿La estúpida película sobre el payaso que en realidad es una araña? Ya sé. La vimos juntas.

Cindy: No. Eso. Eso. Ya sabes, *eso* de un tipo.

Yo (dejé de girar en la silla de Cindy): ¿Qué...? ¿A qué te refieres? Por favor dime que viste la película del payaso de un tipo, porque no es posible que te refieras a un pene. No puede ser *eso*.

Me miró con lágrimas en los ojos, se echó en la cama y empezó a llorar. Yo estaba en shock.

Yo (en mi mejor tono de "eres mi amiga y estoy aquí para apoyarte, aunque acabes de hacer algo idiota"): Tranquila. Tranquila. Por favor, no llores. Dime qué pasó.

Cindy: Fui a una fiesta con Germán un par de semanas después de salir de vacaciones, me emborraché y lo hicimos en su auto, ¡y no me ha bajado la regla! ¿Qué voy a hacer?

Yo: ¿Qué?

Cindy: ¡Ay, por Dios! ¿No estás escuchando?

Yo: Sí. Y, para ser sincera, ojalá no te hubiera oído. Fuiste a una fiesta, te emborrachaste y cogiste con Germán. Te estaba escuchando. Pero nunca me contaste nada de esto. Jamás.

Entonces empecé a llorar yo. No solo porque me dolía que no me lo hubiera dicho, sino por cómo había jodido su futuro.

Cindy: No te conté porque sabía que te ibas a enojar. Me ibas a decir: "¿Por qué sales con ese idiota? ¿Por qué vas a una fiesta en casa de Sandra? ¿Para qué bebes?". Y ¿sabes qué? ¡Tienes razón! No debí haber ido, pero lo hice. ¡Lo hice! ¿Y ahora qué hago? ¿Y si estoy embarazada? ¡No puedo tener un bebé! ¡No quiero cambiar pañales! ¡Mi mamá me va a matar! ¡En serio!

Yo: A ver... (Me sentía mal porque sí era muy probable que su mamá la moliera a golpes). Ni siquiera estás segura de que tengas un pan en el horno. Puede ser que no te haya bajado porque estás estresada. En algún lugar leí que puede pasar.

Cindy: ¿En serio? ¿Estás segura? A lo mejor es eso. (Sonaba tan aliviada que preferí ponerle los pies en la tierra).

Yo: No dije que estuviera segura. Dije que *podía ser*. ¿Por qué no vamos a la farmacia el sábado, después de que tomemos el SAT, y compramos una prueba de embarazo?

Estuvo de acuerdo. Después nos sentamos a ver *Juno*, co-

mimos helado y Hot Cheetos, y calculamos cuántos Sunny De-
light tendríamos que comprar.

30 de julio

Me quedé acostada toda la mañana, pensando en Cindy y en
el hecho de que pudiera estar embarazada. Germán no me cae
bien, ella tiene razón. Germán es un idiota. Es uno de esos
tipos que se saben guapísimos y creen que les gustan a *todas*.
Por ejemplo, si invita a salir a alguna y ella le dice que no,
es la clase de persona capaz de contestar estupideces como:
"Bueno, vete a la mierda, perra. Te quería hacer un favor".
Una de esas joyitas. No entiende que no nos gusta a todas.
Da igual que seas una reina de belleza como Cindy (alta, delgada, con una hermosa piel aceitunada y cabello oscuro ri-
zado) o que seas como yo (bajita, gordita, de cabello lacio y
largo, y con la piel demasiado clara); si no nos gusta, pues no
nos gusta.

No entiendo cómo Cindy pudo ser tan estúpida como para
acostarse con él. Cualquiera pudo haber sido mejor que Germán (probablemente).

Pasé el resto del día peleando con Beto porque puso la
música muy alto, y aunque a mí me gusta Notorious B. I. G.,
a Rosemary, la viejita que vive al lado (a quien adoro visitar),
no le agrada. No le importó. Lo único que conseguí fue que
diera un portazo, subiera más el volumen y gritara: "Tú no

eres mi mamá". Tiene razón. Solo soy su hermana mayor, y por un par de años.

1 de agosto

Sábado. Día de SAT. Desperté tarde. Había puesto mi alarma a las 7:00 a.m., pero me levanté a las 7:27. No tuve tiempo para desayunar el huevo con tocino que había hecho mi mamá. Aplaqué mi aliento a dragón con un poco de pasta de dientes y me puse la misma ropa del día anterior. Aun así, a duras penas llegué a tiempo a la escuela para el examen. Gracias a Dios ya puedo manejar, de lo contrario, me hubiera fregado.

Esperé a Cindy después del examen y fuimos a la farmacia para enfrentar el momento de la verdad. Por el camino repasamos todos los escenarios posibles. ¿Qué pasaría si estaba embarazada? Sugerí que le dijera a su mamá que un ángel le había dicho en sueños que no tuviera miedo, que llevaba al hijo de Dios. Si su madre era tan católica como decía, le tenía que creer. A Cindy no le hizo gracia, ¡pero yo me ataqué de la risa!

Entramos a la farmacia. Por suerte no había nadie, solo esa perra metiche de Georgina. De seguro tendría algún comentario estúpido que aportar. Encontramos la prueba de embarazo y fuimos a pagar. Por desgracia, la de Georgina era la única caja abierta. Se rio y dijo:

—Bueno, Gabi, sé que no es para ti. Nadie se cogería a la

gorda. Así que, supongo que la ganadora es... ¡Cindy! ¿Ya Germán lo sabe?

Lo dijo con el tono más desagradable posible, cosa impresionante porque Georgina tiene normalmente la voz más desagradable de todas.

No sé por qué lo hice, pero me salieron un par de pelotas en ese momento y dije:

—Tu mamá se cogería mi trasero, así que cierra la boca y haz tu trabajo, Kmart.

Ahora que lo pienso, fue una respuesta absurda. ¿Por qué su mamá se cogería mi trasero? Es típico de mí decir algo tan tonto. Cuando salimos, todavía Georgina tenía la misma estúpida expresión.

Fuimos a mi casa e hicimos la prueba.

Las líneas se pusieron rosas.

Nos abrazamos, nos echamos encima de mi colcha de Hello Kitty y lloramos juntas.

5 de agosto

Hoy estaba sentada en la parte de atrás del autobús pensando en Cindy, mientras veía a una pareja de deficientes mentales ya mayores besarse (igual que todo el mundo). Entonces subió Georgina. Tan pronto vi su estúpida cara de payasa, pensé que debí haberle rogado más a mi mamá que me prestara el auto para ir a ver a Sebastián. Intenté aparentar que no la había visto y fingí estar concentrada escribiendo un mensaje de texto pero, por supuesto, se sentó junto a mí.

—Hola, gorda.

—Hola, payasita.

Ella odia que la llame así, y yo lo hago tanto como puedo.

—Mira a esos dos retrasados. Qué desagradable. La gente así nunca debería besarse. ¡Qué pinche asco!

Le contesté que era una idiota y que no debía decir cosas desagradables como esa. No veía cómo podía afectarle que dos personas mentalmente discapacitadas estuvieran enamoradas, pero intentar convencer a Georgina de que no sea una tarada es como preparar carnitas de pollo: antinatural. Por suerte llegó mi parada poco después y la dejé justo cuando empezaba a preguntar por Cindy.

—¿Y cómo está tu amiga, la emb...?

Le hice un gesto poco amable con el dedo del medio, y me levanté.

Cuando salí del autobús, Sebastián me estaba esperando. Había estado de vacaciones con su familia. Pasaron algunos días en México, en Mazatlán o un lugar así, cerca de la playa, y estaba ultrabronceado. De inmediato me di cuenta de que estaba molesto.

—¡Por Dios! ¡Acabo de hablar con Cindy!

—¿Te dijo?

—¡Sí!

—¿Puedes creerlo? —Sacudió la cabeza, y continué—: Bueno, ahora sí la armó, y está del carajo. Pero... lo quiere tener. Estuve ahí cuando le dijo a su mamá. Ya sabes, para darle apoyo moral, pero estuvo fatal. En serio. Su mamá casi la muele a golpes. Le dio una bofetada que le volteó la cara, y me dijo que me fuera. Yo no sabía qué hacer, no quería dejarla, pero su mamá se puso loca y me gritó que me fuera a mi casa. Me dio miedo que me pegara también, así que me fui.

Seguimos hablando de lo mismo las dos cuadras que nos separaban de su casa. Cuando llegamos, nos encerramos en su cuarto. Hablamos de Cindy todo el tiempo, y finalmente le pregunté de su viaje. Me contó de todos los tipos guapos que había visto. Su papá le había permitido beber cerveza con él porque, al parecer, en México es legal beber a cualquier edad. Dice que hasta los embriones toman cerveza con sus tacos. Me quedé pensando cómo se vería eso. Mmm. Seguimos hablando de México y de su abuela, que es muy chistosa y una cocinera increíble. Sebastián me dijo que, ahora que se sentía tan cerca de su papá, estaba pensando decirle que era gay. Estaba seguro de que comprendería. Yo no estaba tan convencida. Tal vez su papá había sido buena onda con él porque se habían echado unas cuantas cervezas, pero su papá odia a los homosexuales. Yo lo sé, lo he escuchado. Sus palabras exactas fueron: "Odio a los pinches jotos". No se lo dije a Sebastián porque no quería lastimarlo. Y, aun si le dijera, probablemente me diría algo como: "Conmigo es diferente porque soy su hijo". Pero no creo que sea el caso.

Hablamos un rato más sobre la escuela, sobre lo emocionados (y nerviosos) que estamos porque es el último año, sobre nuestros planes de futuro, y bla, bla, bla. Se hizo tarde y me tuve que ir. Me acompañó hasta la parada y esperó conmigo. Escuchamos a un auto frenar en seco, y nos volteamos para ver qué había pasado. Del otro lado de la calle, un hombre con aspecto de indigente se acercaba en bicicleta. Era mi papá. Por suerte el autobús llegó antes de que me viera.

7 de agosto

Sebastián les contó a sus papás. Va a dormir en nuestra sala hasta que encuentre un hogar permanente.

10 de agosto

Sebastián no ha hablado desde que sus padres lo trajeron. Ni siquiera entraron, lo dejaron y aventaron sus cosas en la acera. Cindy vino a dormir esa noche. Vimos *Orgullo y prejuicio*, y mi mamá compró pizza. No estaba muy contenta de recibir a Cindy, pero dejó que se quedara porque sabía que Sebastián necesitaba a sus amigas. En la mañana me echó una perorata sobre la pobrecita madre de Cindy y el dolor que debería estar sintiendo por tener una hija tan, tan mala. Fue un rollo muy largo, algo así como:

—Ya no puedes ser su amiga. Es una mala influencia. Es una chica mala. Sabía que iba a acabar en eso. Siempre tan desesperada y siempre de ofrecida, sin darse a respetar. No tenía ningún respeto por sí misma. ¿Ahora qué va a hacer? ¿Dejar la escuela? Es lo más probable. No puede hacer las dos cosas. A lo mejor debería dar al bebé en adopción. No quiero que hables con ella. Te va a dar malos consejos, te querrá convencer de que hagas lo mismo y entonces les empezarás a abrir las piernas a todos. ¿Sabes quién me da lástima? Su mamá. ¿Ahora con qué cara se va a parar Linda en las fiestas y en la iglesia? ¿Esa mensa no pensó en su madre? ¡Claro que no! No más abrió las piernas. ¡Qué bonito! Y ahora, después de que se la pasó en grande, la que va a tener que lidiar con todo es su mamá. Egoísta. Ni se te ocurra llamarla o ir a su casa. Su mamá seguramente está muy deprimida y quiere estar sola. Tendré que llamar y decirle que lamento mucho lo que pasó. Pobre Linda, me pregunto qué hizo para merecer una hija tan mala. Gracias a Dios tú no eres así.

No tiene la menor idea de lo que está viviendo Cindy. Yo pensé que, dadas las condiciones de mi nacimiento, mostraría más empatía, pues sabe lo que es que tus padres reaccionen irracionalmente; pero parece que, conforme creces, se te olvida que fuiste joven y que a lo mejor te enamoraste y se te olvidaron los condones (o no pensaste en ellos), y cometiste un error. Por lo menos a mi mamá se le olvidó. Además, no es que Cindy hubiera dicho: "Me voy a acostar con un imbécil y me voy a embarazar para que mi mamá no pueda dar la cara en las fiestas y mi papá no me dirija la palabra. ¡Quiero ser una mala hija! Ja, ja, ja". Fue algo que pasó.

Yo le dije que Cindy no era mala influencia, que solo había cometido un error, que era mi amiga y que teníamos que apoyar a Sebastián. Insistí y le rogué.

—Está bien —dijo finalmente.

Me sorprendió que dejara a Sebastián quedarse con nosotros y que en realidad se sintiera mal por él. Dijo que ojalá su hijo no fuera gay, pero que, si lo era, ella lo amaría de todas maneras. Que solo las malas madres abandonan a sus hijos. Escucharla decir eso me hizo sentir orgullosa de que fuera mi madre.

15 de agosto

Por fin nos enteramos de lo que pasó el día que echaron a Sebastián de su casa. Su papá le había dicho algo como:

—¡Odio a los jotos! —Con su acento mexicano muy marcado—. Lo peor que le puede pasar a un hombre es que su esposa se acueste con otro y que su hijo sea joto. Y ya que tu querida madre se revolcó con ese tipo de la lavandería, puta como es, ¡solo quedaba esto! Me arruinaste la vida. ¡Chingado! ¡Hijo de puta! ¡Lárgate de mi casa! No quiero volver a verte. No eres mi hijo.

Las cosas no salieron como Sebastián las había planeado. Su mamá adoptó una actitud de telenovela y le dijo que prefería estar muerta a tener un hijo gay. Luego intentó cortarse las venas. Obviamente, no pretendía matarse de verdad, de lo contrario hubiera tomado un cuchillo real y no uno para mantequilla. Me tuve que tragar la risa. ¿Un cuchillo para mantequilla? ¿En serio? ¿Quién hace eso? Esa misma noche le dijeron a Sebastián que se tenía que ir, y fue cuando me llamó llorando. Desperté a mi mamá, y ella me dijo que podía venir. Hasta Beto estuvo de acuerdo, y mi hermano no es muy conocido por su compasión. Al único que no le dijimos fue a mi papá, pero igual no se iba a percatar.

Sebastián me contó otras cosas que me entristecieron. Me dijo que siempre había sabido que era gay, aunque había intentado no serlo, que había mirado senos, tratando de sentir algo, y que incluso quiso creer que Sandra le gustaba. Me dijo que había rezado todas las noches, implorando: "Haz que ame a las chicas, haz que ame a las chicas", pero Dios no lo había escuchado. Trato de imaginar a Sebastián de rodillas, llorando y suplicando sin recibir respuesta.

Me pregunto cómo se sentirá decepcionar tanto a tu madre que esta prefiera matarse antes que verte. En realidad, prefiero no saberlo.

18 de agosto

Mi mamá volvió con lo mismo, lo que quiere decir que mi papá regresó a casa (luce terrible). Siempre que él vuelve al cabo de varias semanas, con la barba larga y olor a no bañarse, mi mamá intenta recrear una vida normal (lo que sea que eso signifique). Y ahora que Sebastián está aquí se esfuerza el doble. Sin embargo, todos sus intentos nos hacen parecer más disfuncionales.

Entró a mi cuarto (¡sin tocar!) ¡y me vio en calzones! Me enojé muchísimo y le pedí que se fuera.

—Ay, te he visto desnuda, soy tu mamá —me contestó, pero esperó del otro lado de la puerta de todas maneras.

Cuando entró, traía algo de color rosa brillante colgando del brazo. Me encogí, adivinando lo que era. Un vestido. ¡Un maldito vestido! ¿Por qué hace eso! ¡Sabe que odio los vestidos! ¡Luzco ridícula en vestidos! Como un burrito de carne asada con demasiado relleno. ¡Así! Con los frijoles saliéndose por arriba, y la tortilla mal doblada abajo. Horrible. Simplemente horrible.

Los vestidos y yo no nos llevamos bien. En mi opinión, un vestido es pura restricción. Es una trampa.

Digamos, por ejemplo, que estás con tu amiga Cindy en la primaria local, a unas cuantas cuadras de tu casa, y de pronto pasan en bicicleta unos muchachos muy guapos, y uno no tan guapo. Es hipotético, claro, y a tu amiga Cindy le parece gracioso mostrar los senos. Porque, sabes, los tiene grandes, doble D. No como los tuyos, que ni cuatro juntos harían un seno de los suyos. Y como ella también puede jugar con ellos, hacer que se muevan de arriba a abajo sin siquiera tocarlos, como si tuvieran vida propia, lo hace. ¡En verdad lo hace! (¡No estoy bromeando!). Se levanta la blusa.

—¡Hola, chicos! —dice.

Sueltas la carcajada, y estás a punto de orinarte de la risa cuando te das cuenta de que los chicos han dado la vuelta y planean hacer su propia exhibición. ¡Se acercan a toda prisa con una mano en la cremallera! Y en ese momento dices "mierda", y corres, porque quizá has visto un pene en una foto, o te imaginas cómo es, o pasaron una película del Holocausto en clase y pensaste: "Oh, así se ve. Es más feo de lo que pensé", pero enfrentarte a la realidad no está en tus planes esa tarde soleada de sábado.

¿Qué tiene que ver esto con un vestido? Bueno, hipotéticamente decidiste usar un vestido y de pronto tienes que correr hasta tu casa antes de que José saque *eso*, y la ruta más corta es brincar la cerca de la señora Sánchez, y luego la cerca de tu patio, y te das cuenta muy tarde de que traes puesto un vestido plisado de color café. Dices "carajo" y brincas la cerca de todas maneras, pero para tu pesar solo llegan tú y la mitad del vestido al otro lado. Te vas a tu recámara a escondidas, toda sudada y mostrando el trasero, y te ríes hasta que te duele el estómago.

Y por si eso no fuera motivo suficiente para que odie los vestidos, una vez... en octavo, iba caminando a casa y escuché que unos chicos chiflaban y se reían.

—¡Se te ven los calzones! —gritó el rubio.

Pero no entendí. Yo llevaba ropa, así que pensé que se estaba portando como un idiota, y seguí caminando. Pero sentí una pequeña brisa en mi trasero, un viento demasiado frío, y supe que tenía razón. El rubio podía ver mis calzones, lo mismo que toda la calle Seis. Antes, al colgarme la mochila en la escuela, se me había atorado el vestido, y ahí estaba yo mostrando mi vieja ropa interior beige, esos inmensos calzones de abuelita que solía usar porque mi mamá no me dejaba comprar tangas, aunque estaba casi en noveno (ni siquiera tipo bikini, como usaban las otras chicas de mi clase), y yo pensé: "¡Trágame tierra!". Quería convertirme en gusano, topo, tuza o cualquier animal que viviera bajo tierra, donde nadie pudiera verme a mí o a mis calzones de abuelita.

Pero mi mamá no lo entiende. Nunca entiende. No sé por qué. Supongo que será porque tenemos una relación que se parece a un interruptor de luz. A veces es maravillosa. A veces no tanto. Cuando dice: "No comas tanto. Estás más gorda que una embarazada", no es tan maravillosa. Pero cuando dice: "Le encanta leer. Tiene 3,75 de promedio. Mira, le dieron otro certificado", como si lo diera por sentado (que soy lista, que no soy tan mala como había pensado), es la mejor. Nuestra relación va y viene. Como la luz misma: se enciende y se apaga. Madre e hija. Así somos. Ojalá fuera diferente. Me gustaría que fuera más comprensiva, pero ella no es así, supongo.

El vestido rosa brillante en su brazo es para mi foto de graduación, para que me vea bonita. Tengo que ponérmelo. De lo contrario, voy a herir sus sentimientos. Así es la vida. La mía, por lo menos.

25 de agosto

¡El último año empieza mañana! Definitivamente no voy a poder dormir. Hasta Sebastián (que está pasando por uno de los veranos más tristes de su vida) está emocionado. No podíamos dejar de hablar de las clases, pero nos fuimos a dormir al fin.

26 de agosto

¡Fue un primer día muy loco! Por suerte, ya puedo ir manejando a la escuela, y es genial. No importa que tenga que llevar a Beto. Acordamos no poner ninguna estación de radio para no tener que aguantar sus quejas de que escucho rock "comercial". Lo único malo es que Cindy, Sebastián y yo no tenemos clases juntos. Tuve que cambiar mi horario para poder asistir a mi clase de poesía. Sebastián está en Cálculo mientras yo voy a Álgebra II... otra vez. Reprobé por lo aburrida que era la clase de la señorita Black, y (porque los dioses de las matemáticas me odian) me volvió a tocar este año. Me voy a arrancar el pelo. ¿Cuatro años seguidos con la misma maestra de matemáticas? Tiene que ser ilegal. Lo bueno es que Joshua Moore, el chico blanco y guapísimo que me gusta desde que entramos a la prepa, ¡está en mi clase! ¡Ahhh! Necesito relajarme. ¡Gabi, cálmate!

1 de septiembre

¿Por qué Georgina tiene que ser una maldita idiota? ¿Por qué? En mi primera clase (la clase de poesía que quería tomar porque parecía divertida, pero resulta que no es más que otra clase de literatura, y aunque me encanta, dos clases de literatura implican el doble de cosas que escribir y el doble de cosas que leer, y el doble de todo. Espero sobrevivir), Martín Espada me preguntó si era verdad que Cindy estaba embarazada.

—¿Quién te dijo eso? —le pregunté.

—¿Quién crees? —dijo, poniendo los ojos en blanco.

Georgina. Ni siquiera tuvo que decir su nombre. Todos sabíamos que Georgina tenía la boca más grande del mundo desde el primer año, cuando Tomasa Jones se orinó en los pantalones en el tobogán y Georgina se lo contó a todos (incluyendo a los conserjes).

—Entonces, ¿es cierto?

No sé qué demonio me hizo ser tan grosera con uno de los niños más lindos que he conocido (probablemente solo intentaba decirme que Georgina estaba hablando mal de mi mejor amiga).

—Entonces, ¿es cierto que tienes un trasero peludo? —le dije.

Martín se puso rojo. Le costó trabajo hablar.

—¿Qué? Yo solo... Olvídalo —dijo, y se volteó.

Ojalá no hubiera sido tan grosera con él. Es muy amable, y un tanto lindo. Y resulta que escribe poesía. Buena poesía. Nada de porquerías como "la gata que se comió a la rata", sino versos cargados de significado.

Cuando llegó la hora del almuerzo, ya se lo había escuchado a ocho personas, y cada una tenía una historia diferente. En una versión, tanto Cindy como yo habíamos tenido sexo con Germán... Me vomito. En otra, Cindy no sabía quién era el padre. La mejor era que Cindy se había embarazado de un viejo que ahora estaba en prisión, y culpaba al pobre e inocente de Germán. La imaginación desenfrenada y ridícula de Georgina no fallaba. También dijo que habíamos ido muchas veces a la farmacia por pruebas de embarazo y condones. Georgina es una estúpida. Si hubiéramos comprado condones, no habría todo ese relajo con Cindy. Pero nadie cuestionaba sus inventos ni su lógica, y la gente se alejaba de nosotras como si tuviéramos herpes o algo contagioso. Escuché que nos llamaron *putas* algunas veces, aunque nunca de frente.

Estaba muy enojada. Llegué a preguntarme si debía alejarme de Cindy. ¿Y si mi mamá tenía razón? ¿Qué pasaría si Cindy era una chica mala y terminaba embarrándome con su maldad? Luego me di cuenta de lo estúpido y traicionero que era pensar eso siquiera. Cindy y yo éramos mejores amigas para toda la vida. Sebastián, Cindy y yo nos sentamos a comer en nuestra mesa de siempre, e ignoramos las miradas.

Sebastián intentó distraernos contándonos que conoció a un chico de Bolivia en su clase de español, que era gay y muy guapo. Estaba emocionado. Eso casi nos hizo dejar de pensar en la situación de Cindy. Eso y el burrito de chili con queso que me estaba llevando a la boca.

10 de septiembre

Mi papá es un drogadicto. Adicto a la metanfetamina en cristal, es decir, loco, desesperado, siempre con la mente en otra parte. Pero nadie en nuestra casa dice esas palabras: drogas, adicto o metanfetamina. Es como si tuviéramos prohibido usarlas. Mi mamá dice: "Tu papá anda mal", como si tuviera gripa y un tazón de caldo de pollo compusiera todo. Es un adicto desde que yo era niña. Cuando estaba en la primaria, me pedía dinero prestado todo el tiempo. Creo que desde entonces ya sabía para qué era, pero se lo daba de todas formas. ¿Qué iba a hacer? Es mi papá.

Es vergonzoso verlo en público, vagando como un indigente, buscando entre los botes de basura y juntándose con otros que tienen la misma "aflicción". A veces me asusta que no vuelva a casa. Tengo miedo de que alguien llame diciendo que encontraron su cuerpo en el baño de un parque o atrás de una licorería. No sé cómo ayudarlo o qué hacer para que todo mejore. Creo que empezaré a escribirle cartas.

Querido papi:

Te escribo esta carta sabiendo que no puedes leerla porque estás drogado. Necesito decirte que me haces enojar. Yo moriría por ti cuando te comportas como mi papá. Estoy cansada de esperarte cada noche y de quedarme dormida en la puerta deseando que vuelvas. No quiero verte inconsciente. Ya no quiero hacerles desayuno a tus "amigos". Sé que el dinero que me pides en la mañana no es para gasolina. Odio que me hagas sentir diminuta cuando me dices eso. Odio ver llorar a mi mamá. Odio cuando Beto llora porque le dices que no lo quieres. Sé que es la droga hablando, no tú. Mi verdadero papá solía llevarnos al parque y subirme en su moto. Papi, quiero que vuelvas. No quiero la versión de ti que vaga por la calle y duerme en estacionamientos. No quiero al papá que se deja crecer la barba y entrega todo, hasta a su familia, por droga. Papi, quiero saber cuándo vas a venir a casa para que pueda decirte que te quiero y tú comprendas lo que esas palabras significan realmente.

Papi, te extraño.

Gabi

Necesito hacer un poco de tarea.

15 de septiembre

¡Maldigo el día en que me enamoré, me gustó o lo que sea que siento por Joshua Moore! Lo odio. ¡Lo odio! *¡Lo odio!* Al principio estaba muy emocionada de que estuviera en mi clase de Álgebra II. Realmente, extasiada. Pero resulta (oh, sorpresa, sorpresa) que no le gustan las gordas. Al menos no le gusta esta gorda. Claro que no dijo "Gabi, no me gustas porque estás gorda", pero empezó a salir con Sandra y ella es todo lo contrario a mí.

Cuando solía ser amiga de Sandra, mi mamá siempre me comparaba con ella (todavía a veces lo hace). Al parecer, no logra comprender por qué ya no somos amigas. Intento explicarle, pero no lo entiende. Hay cosas que no le puedo contar a mi mamá. No puedo decirle que Sandra me hacía sentir como la mierda. En especial, frente a los hombres. A ellos les gusta Sandra porque tiene caderas estrechas, trasero grande, cabello largo, dientes blancos, sonrisa inmensa y ropa de marca. Porque el precio no importa cuando eres una Sandra.

Y no es que estuviera celosa. Bueno, de acuerdo, estaba un poco celosa. Pero es que a ella le encantaba restregarme en la cara que éramos muy distintas. Que ella era mejor. Me recordaba que, cuando eres una Gabi, el precio siempre importa. En casa no compramos productos de marca, solo genéricos, y eso está bien hasta que Sandra te dice que no es así. Le rogué a mi mamá que me comprara ropa que no podía costear, le pedí cosas que no eran para mí, que no pertenecían a mi mundo, en el que recibimos comida gratis de la escuela en Navidad, en el que mi papá gasta su dinero en las esquinas y mi mamá recoge latas vacías para pagar la renta. No le podía contar a mi mamá que la persona con quien siempre me estaba comparando era la causa de muchos de nuestros pleitos. Hubiera dicho algo parecido a: "Bueno, tal vez te sentirías mejor sobre ti misma si te cuidaras más, como Sandra". Entonces me peinaría, me maquillaría, intentaría meterme en un lindo vestidito y saltaría delante de un tren.

Intenté ser como Sandra un rato. Fuimos al centro comercial, a una tienda superelegante, y compramos un vestido muy caro. Le tuve que rogar a mi mamá por semanas, hasta que finalmente aceptó. Me sentí un poco culpable, pero mi mamá cedió porque quería que me viera y me sintiera bien. Un vestido café con florecitas blancas cosidas, corto y sin mangas, muy 1960. Era todo un vestido. Solo que, cada vez que lo usaba, mi cuerpo quedaba expuesto, y el vestidito café era demasiado caro para mi piel blanca y corriente. Sandra dijo que se veía bien, así que yo me sentí bien (al menos por eso). Aun así, extrañaba ir con Cindy a comprar ropa. Revisábamos las perchas de licras, de estampados brillantes, de prendas blancas y negras, diseñadas para que una chica común se sintiera "de marca". Para que las Gabis se sintieran como Sandras, pero con descuento.

Yo entré en razón, y Sandra nos abandonó. Así que solo quedamos Cindy, Sebastián y yo. Los ordinarios debemos mantenernos unidos.

He intentado actuar como si no me importara todo eso de Josh, pero es muy difícil. Hoy llegué a casa y le conté a mi mamá (porque es mi mamá, y *siempre* sabe cuando algo me pasa y no me deja en paz hasta que le cuento). Intentó darme aliento para que mi corazón no se hiciera pedazos. Ella conoce esa clase de dolor.

—Yo sé lo que es ser joven y estar enamorada —dijo.

Intenté pensar en mi mamá de esa manera, pero no pude, es demasiado. Me dio gusto que intentara protegerme, pero no sirvió de nada. Mi corazón se rompió en mil pedazos. De la misma manera en que se hace añicos un fino adorno de Navidad y los vidrios se esparcen por todas partes y meses después aún encuentras pedazos en algún rincón de la sala, así me rompí yo. No tengo nada más que decir, a excepción de que Cindy y Sebastián vinieron hace unas horas y me comí el mejor *banana split* de mi vida.

16 de septiembre

Hoy es el día de la Independencia de México. Aunque no vivimos en México, y técnicamente yo no soy mexicana, cierto orgullo se inflama en mi pecho en este día. A veces es duro ser mexicoamericana. Siempre cuestionan tu lealtad. A mi mamá le preocupa que yo me vuelva demasiado estadounidense. Hoy en la mañana estábamos hablando de Cindy y mi mamá empezó a decir locuras.

—La razón de que Cindy esté embarazada es que anda por ahí con esa gabachita, Diana, su vecina. ¿Te acuerdas? ¿La chica que se embarazó del amigo de su papá?

—Sí —respondí—. Ese tipo era viejísimo y se aprovechó de ella. Fue totalmente distinto.

—Ajá, pero acuérdate que siempre usaba esos *shorts* tan cortos, ofreciéndole sus cositas a cualquiera. Parecía una buscona.

Me dio tanta risa que mi mamá dijera "cositas" y "buscona". Le dio pena y me dijo que me apurara y me fuera a la escuela. Así hice. Amo a mi mamá.

El otro problema con mi ascendencia mexicana es que la gente no cree que soy mexicana. Siempre creen que soy blanca, y me molesta. No porque odie a los blancos, sino porque tengo que dar toda una cátedra de historia cada vez que alguien cuestiona mi mexicanidad.

Se lo comenté a Sebastián una vez, y lo único que me dijo fue que no importaba. A lo mejor no le importa a él porque tiene el lindo tono moreno de los mexicanos. O a Sandra, que tiene la piel perfectamente oscura. La mexicanidad de ellos nunca la ponen en duda. La gente nunca hace comentarios racistas sobre ellos. Sandra y Sebastián llevan su cultura en la piel, como un museo que te hace decir "oh" y "ah". La gente mira el cabello castaño y largo de Sandra, sus ojos oscuros, su piel que no necesita sol, y piensan en lo exótica y magníficamente mexicana que es. No tanto como para que moleste: no tiene acento, no hay transiciones bruscas de lo blanco a lo moreno. Es una muestra perfecta de asimilación, así que se le perdona su color.

Morena. Bonita. Preciosa. Flaca. Flaquita.

Por el contrario, mi piel no puede estar al sol por más de quince minutos sin que parezca un camarón. Cada vez que voy a la playa, se quema. Mi piel es centro de atención y de críticas. Güera. Casper. Fantasma. Cara de peca. Fea. Blanquita. Niña blanca. Gringa. Me han dicho de todo. Mi piel no me deja ser lo suficientemente mexicana, y siempre hace que otros digan: "No te ves como una mexicana".

"¿Cómo debería verse un mexicano?", les respondo siempre. "¿Tengo que ser chaparra y morena? ¿Cargar una cerbatana en mi espalda? ¿Hablar con acento? ¿Decir cosas como 'Nou hablou inglish'? ¿Debería tener los ojos café y el cabello oscuro, como mi madre y mi abuela?".

Esto de la piel siempre me hace enojar. Lo que necesito es un nopal en la frente que le haga saber al mundo cuáles son mis raíces. Uno de esos que plantó mi abuelo atrás de la casa antes de morir. Sí. Eso resolvería todos mis problemas, pues diría: "Esta jovencita que parece blanca y tiene la tez clara es de ascendencia mexicana. En serio, lo es. Sí, habla español e inglés. Deben verla, amigos, es toda una maravilla. (A menos que vayas a México, donde hay muchas más como ella)". El nopal sería la solución.

Y aparte de toda la molestia por el color de mi piel, en la escuela hay gente con sombreros y bigotes, y actuando como idiotas. Al parecer, además de ser morenos, todos los mexicanos tenemos bigote.

Hubo algunas actividades a la hora del almuerzo, pero no participamos porque nos dijeron que eran patéticas, algo así como una competencia de comer churros y adivinar palabras en español, y el siempre popular juego del día de la Independencia: ponerle el rabo al burro. Después de comer, me fui a clase de poesía, que no es tan mala como pensé. Hoy empezamos a escribir poemas. La señorita Abernard nos hizo escribir haikus (una estructura poética japonesa que tiene cinco sílabas en la primera línea, siete en la segunda y cinco en la última). Escribí este haiku triste:

Joshua Moore se fue.
Mi alma en pedazos.
No tengo suerte.

20 de septiembre

Tener un padre adicto a la metanfetamina es agotador. Es como andar con pies de plomo todo el tiempo, estar preocupada todo el tiempo, estar asustada todo el tiempo y estar ansiosa todo el tiempo. La gente que se droga siempre está buscando y pensando en drogas. Nada más. No existe otra cosa más importante que su adicción y cómo conseguir más droga. Se la pasan persiguiendo algo que nunca van a alcanzar y, aunque lo saben, jamás abandonan la búsqueda porque no pueden. Es muy triste. Hemos sido testigos de la adicción de mi papá desde que tengo uso de razón. Ya perdió los dientes, su piel es asquerosa, y se ve mucho más viejo de lo que realmente es. A veces, cuando está tirado en el piso de la sala, me siento a verlo, para asegurarme de que no se va a morir, y me digo que está dormido en lugar de inconsciente. La adicción de mi papá me ha obligado a aprender muchas cosas que la mayoría de mis compañeros no sabe. Cosas que me gustaría no saber. Quisiera ser ignorante como ellos. Ojalá pudiera llegar a mi casa y no saber o ver ciertas cosas. ¿Cómo sería eso, tener un padre que no fuera adicto?

PALABRAS QUE TUVE QUE APRENDER POR MI PAPÁ

Dopamina

Hormigueo

Boca de meta

Receptores

Conductas repetitivas

Metanfetamina

Neurotransmisor

Intravenosa

Crónico

Psicótico

Hepatitis B y C

Xerostomía

Dependencia

Hiperactivo

Obsesivo

Agresivo

Depresivo

23 de septiembre

¿Por qué mi vida tiene que estar rodeada de tanto maldito drama? ¿Por qué? Me acaban de entregar los resultados del SAT. Me fue bien, esa no es la parte dramática. La gente todavía comenta que Cindy está embarazada. Como si hubiera sido la única embarazada en toda la historia de la escuela. Y claro que no es el caso, aunque la preparatoria Santa María de los Rosales es famosa por tener la menor cantidad de chicas embarazadas en el distrito escolar... Una reputación muy extraña. No es que los alumnos de aquí no tengan sexo, porque sí tienen, pero a lo mejor usan condones o algo. De cualquier forma, la gente no deja de chismear. Germán intenta ser amable con Cindy y se sentó en nuestra mesa en la cafetería, cosa que fue muy, pero muy molesta, y obviamente la incomodó, aunque ella nunca le pidió que se fuera. Yo le advertí que él era un asno y no debía dejarse seducir por sus estúpidas frases otra vez.

—No sabes nada de estas cosas. Ni siquiera has besado a alguien —contestó.

Au. Hasta Sebastián le dijo que no fuera cruel. Pero Cindy tenía razón. Nunca me habían besado. Nunca. Con excepción de Poncho, en el kínder, pero a estas alturas del partido los besos de kínder ya no cuentan. Mis labios eran puros y vírgenes, y esperaban el momento preciso en que llegara alguien y los tomara. Cindy se disculpó, pero me seguía ardiendo. Además, yo tenía razón. Germán solo aparentaba ser encantador, y no funcionó. Lo encontramos besándose con Sonia en el estacionamiento de la escuela. No se lo eché en cara a Cindy; solo espero que haya aprendido la lección.

Hoy pasó otra cosa. No tengo ganas de escribirlo siquiera, pero tengo que guardarlo en algún lado y esperar a que desaparezca esta asquerosa sensación. Lo que pasa con los drogadictos es esto: no piensan en otra cosa que no sea drogarse. Y las consecuencias —a quiénes lastiman o qué cosa necesitan vender, robar o regalar— no les importan. El adicto es una bestia insaciable. Deja de ser la persona que alguna vez fue antes de su primer viaje. Después de su transformación, la bestia vive en una cacería permanente. Sin embargo, jamás encontrará lo que busca, y la bestia no lo abandonará, incluso si intenta convertirse en la persona que alguna vez fue al darse cuenta de que nunca saciará su hambre. Siempre estará acechando, como un cosquilleo crónico que atraviesa carne, nervios y tendones, dispuesta a mandarlo todo al carajo. Mi padre es esa bestia. Hoy nos enteramos de que debe mucho dinero. Tanto, que hoy vino a la casa un gentil caballero y le dijo a mi mamá que si no le devolvía su dinero se tendría que acostar con él. Ajá, ese fue el trato. Todo el dinero que mi mamá había estado ahorrando durante meses para ir a ver a mi abuela enferma en México... adiós. Me rehúso a creer que mi papá podría haber hecho un trato así. Esa clase de mierda solo pasa en las películas, no en la vida real. No puede pasar en *mi* vida real. Sin embargo, así es la bestia, no tiene moral. Mejor pensar que mi padre se perdió por completo en un momento de desesperación. Es hora de escribirle otra carta.

Querido papi:

No encuentro las palabras para decirlo, pero lo intentaré. Esto es una mierda. Me has roto el corazón una y otra vez. Y otra vez. Y otra vez. No puedo creer que nos hagas pasar por esto. Quiero pensar que jamás aceptarías cambiar a tu esposa por drogas, pero me estaría engañando. Quiero que busques ayuda. Todos queremos que lo hagas. La necesitas. Es lo más bajo que has caído. Por favor, busca ayuda. Mamá no es una prostituta. No tiene por qué pagar tus deudas. Ninguno de nosotros tiene que hacerlo. No debería preocuparme por que un día nos llamen y digan que te encontraron en un parque con una sobredosis, golpeado o muerto. No te puedo obligar a hacer algo que no quieras, aunque sé que quieres estar mejor. Sé que estás cansado de vivir así. Papi, te amo. Te quiero con todo mi corazón. Por favor, vuelve.

Gabi

25 de septiembre

Mi mamá le habló a mi tía Bertha, la hermana mayor de mi papá, para ver si puede hacer algo por él. No sé bien por qué la llamó. No se llevan bien. Mi tía siempre tiene una opinión de todo: "Gabi, no te comas otro taco. Así nunca vas a tener novio". "Beto, tu cabello está muy largo, mijo. De espaldas pareces una niña flaquita. Te lo deberías cortar". "Cuñada, ¿por qué tienes colgada todavía esa Virgen de Guadalupe? ¿Sigues creyendo en esas supersticiones tontas?". Me alegro de que Sebastián se haya ido a vivir con su tía Agi, o le habría dado un infarto a la tía Bertha. Definitivamente, no aprueba las relaciones de un chico con otro chico. Uno de sus comentarios sí tuvo efecto. Beto le hizo caso y se cortó el cabello... Un mohawk. ¡Ja! La cara de la tía Bertha no tuvo precio cuando entró a la casa. A mí mamá tampoco le hizo mucha gracia, pero había cosas más importantes que atender en ese momento. Lo bueno es que Beto no le dijo a mi mamá que había sido yo quien se lo cortó, o me hubiera metido en un pedo. En cambio, como es él, nadie dice nada. Beto siempre se sale con la suya en cosas así. Siempre. Creo que es el favorito de mi mamá. No, *sé* que es el favorito de mi mamá. Probablemente porque es el más joven, y es varón. En serio me enerva. Pero, ahora que vino la tía Bertha, Beto y yo tenemos una tregua tácita porque solo nos tenemos el uno al otro. Por si fuera poco, la tía Bertha es superreligiosa. Ni siquiera es católica, como la loca de la tía Lucha, que carga el rosario a todas partes. Practica una religión que les prohíbe a las mujeres usar pantalones o lápiz labial y escuchar música mundana (¿Vivir sin The Lumineers? No lo creo. Lo siento, Dios). Yo no podría.

Pero mi tía Bertha nos quiere salvar a todos (en especial a mi papá). Dice que es sanadora (nosotros la llamamos loca) y salvadora (según ella), y habla en lenguas que critican nuestras perversas creencias católicas, nuestra adoración de ídolos como la Virgen y los santos. Nos llama paganos, pero, bendita sea, nunca pierde la esperanza. ¡Dice que puede curar a cualquiera con solo tocarlo! ¡Curar! ¡Dice que ha visto al Espíritu Santo! ¡Que Dios la tocó! ¡Que le dio el don de la sanación! ¡Y no se discute a Dios! Ni se cuestiona la autoridad de la tía Bertha. Pero yo he escuchado rumores, historias familiares, "verdades" detrás del mito, y no sé de qué manera una bruja como ella podría salvar nuestra alma.

El año pasado, cuando fuimos a México en el verano, mi tía Mari nos contó que a los diecisiete años la tía Bertha revivió a su gato, El Negro. Mi tía Mari dice que vio cómo la cabeza de Bertha giró 180 grados mientras hacía tortillas, y luego escuchó un *golpe seco* y ahí estaba, en el piso, echando espuma por la boca y con la cabeza hacia atrás. El sacerdote (supongo que alguien llamó a uno), como era de esperarse, se asustó y se fue corriendo. Días después, mi abuela, convencida de que se trataba de una convulsión, intentó acallar los chismes.

—No era el diablo. Estaba convulsionando —dijo.

Era su hija. ¿Qué se podía esperar? Después de ese incidente, dicen que la tía Bertha compró libros de hipnotismo, escondió fotos de la familia en la tierra de las macetas, enterró y revivió más gatos muertos (¡y quizá un perro también!), ató el lazo de matrimonio de mis abuelitos con un listón negro y lo enterró en la vieja cocina exterior, la que tiene las paredes negras, como si la hubieran lustrado con betún de zapato, debido al humo de la estufa de leña. Cuando encontraron el lazo amarrado con una cinta negra (supongo que era una clase de hechizo), fue el tiro de gracia.

Todo el pueblo supo de Bertha, la mujer poseída por demonios, y de sus actos impíos. (Aquí es donde la historia se pone triste). Cuando salía a la calle, la gente la rociaba con agua bendita. Otros se persignaban y se alejaban con sus hijos, diciéndoles que no la miraran. Nadie le dirigía la palabra fuera de la familia. Tenía veintitrés años y era una solterona (para su tiempo). Los hombres le tenían miedo. Temían que los forzara a casarse con ella por medio de la brujería, así que ni siquiera hablaban con la pobre tía Bertha. La tía Mari dice que se amargó y se volvió antisocial. Pasaba las noches en una iglesia, poniéndole velas a la Virgen y volteando de cabeza a san Antonio de Padua, el santo de los amantes desesperados (según la superstición mexicana), hasta terminar con hombres casados. La tía Bertha tocó fondo. Entonces, un día todo cambió. Conoció a un hombre de otro estado, de labios carnosos y cabello largo, y lo embrujó para casarse con él (eso dice su exmarido Luis).

—¡Yo no sabía lo que estaba haciendo! —insiste.

Pero la magia no es culpable de la estupidez. Todavía él busca indicios de poderes misteriosos, gatos sacrificados o brujería. Nunca encontró nada, y pasado un tiempo la abandonó por alguien que no era una bruja. Al menos, eso fue lo que oí.

Lo cierto es que, en algún momento, la tía Bertha perdió su fe en la iglesia católica. Nadie sabe cómo sucedió.

—Mija, nunca confíes en un seminarista —me dijo la vez que le pregunté—. No cumplen sus promesas. Ni siquiera con Dios.

A veces pienso qué pudo haber pasado. Lo más probable es que la tía Bertha tuviera un amorío con algún seminarista atractivo que hubiera terminado mal. Sea lo que sea, desde entonces la tía Bertha odia a los católicos. En cuanto a la brujería, no lo sé. Es un tema delicado en nuestra casa (por muchas razones). Hasta ahora no hay evidencia alguna que sugiera que la tía Bertha es una bruja. Y, a excepción de la birria que convirtió en gusanos un Año Nuevo, no he visto nada.

Y hablando de birria, creo que eso vamos a cenar. ¡Eh! ¡Cabrito picante, ahí te voy!

29 de septiembre

Hoy fue un muy buen día. Creo que ya superé lo de Joshua Moore, por fin. Sandra se lo puede quedar, porque ahora me encanta Eric Ramírez, que también está en mi clase de Álgebra II. ¡Es taaan sexy! Tiene la piel clara (no tanto como yo, pero casi), el cabello castaño y un poco largo, se viste como patinador y tiene unos ojos hermosos color café. Solo tiene un gran defecto: fuma demasiada marihuana. No sé cómo me siento al respecto. Quiero decir, sé cómo me siento. Es solo marihuana, así que no importa. Pero mi papá es un adicto y no quiero tener nada que ver con eso. Mi mamá se moriría y bien muerta. Y lo más probable es que si salgo con él, no me pueda sentar en meses de la paliza que me daría mi mamá. Aunque yo vaya a cumplir dieciocho años dentro de seis meses, me ha dejado claro que, a pesar de mi edad, sigue siendo mi mamá.

Fuera de la marihuana, Eric es increíble. ¡La mejor parte es que Cindy y Sebastián creen que yo también le gusto! ¡Ah! Pero no sé. No me quiero emocionar mucho. Siempre me da miedo que los chicos finjan que les gusto solo de broma. Porque, seamos realistas, ¿a quién le va a gustar la gorda de la escuela? Sebastián dijo que estaba loca si pensaba eso, y Cindy dijo que era lo más estúpido que había oído.

—Gabi, no estás gorda. En serio, eres promedio... Bueno, a lo mejor un poco llenita. No te voy a mentir y a decirte que eres flaquísima, ¡pero no estás gorda!

Eso más o menos me dicen todo el tiempo, pero me cuesta trabajo creerlo pues mi propia madre se la pasa diciendo que necesito perder peso. Tal vez tengan razón. Necesito ser más positiva este año, así que escribí al respecto en mi clase de poesía. Debíamos escribir un poema en forma de lista, y yo hice una con mis propósitos para este año.

Lo juro
Este año será mejor que los demás
Seré positiva
Perderé peso
Me besarán
Saldré con alguien
Sacaré solo As
Usaré una talla más pequeña cuando empiece el verano, y así podré ponerme ese lindo bikini de puntitos que vi con Cindy. Ella se lo probó y le quedó perfecto, obviamente, pero yo parecía una piñata retacada a la que le hubieran sacado los dulces a golpes y solo quedara el cartón y el papel de colores.

Lo juro

Aprenderé a ponerme delineador

Seré feliz en mi propia piel (no sé qué significa, pero es lo que dicen todas las mujeres flacas en televisión, que no tienen mucha piel, para empezar, y no se tienen que preocupar por cuánta felicidad cabe en ellas, pero las gorditas tenemos tanta piel que se nos hace necesario arrancar y arañar la felicidad de donde sea, para poder llenar toda esa carne).

Lo juro

Leeré más

Escribiré muchos poemas

Ya no estaré enojada con Sandra.

Lo juro

No haré promesas que no pueda cumplir.

Espero que la señorita Abernard no se enoje porque escribí "besar". Y espero que no nos haga leer los poemas en voz alta, o los quiera colgar en el salón. Eso estaría de miedo.

3 de octubre

Cindy y yo fuimos al centro comercial después de la escuela. Sebastián no pudo ir porque iba a salir con Pedro, el boliviano de su clase de español. Estoy contenta y preocupada. ¿Y si se agarran de la mano y la gente los molesta? ¿Y si los golpean? ¿Por qué me tiene que preocupar eso solo porque son dos hombres? Espero que tengan cuidado. No es que sea experta en citas, pero he tenido un par. Mi primera cita fue en la pista de patinaje, con un tipo llamado José (incidente que deseo olvidar). Asco. Odio a José. Pero bueno, espero que su cita salga bien.

Cindy y yo fuimos al centro comercial para escoger faldas iguales y tomarnos fotos. Fue un poco incómodo. No había notado cuánto peso había aumentado Cindy. La veo todos los días, así que no noté la repentina añadidura de una pancita. Ya tiene casi cuatro meses de embarazo.

Guau.

Cuatro meses de embarazo. Su segundo trimestre. Es lo que siempre escucho decir a mujeres mayores que nosotras. Las palabras suenan tan adultas que no nos quedan. Aun así, ya no son ajenas a nosotras. Intenté hacerla reír porque no quiero que esté triste. Sé que las cosas están muy mal con su mamá. Nos contó que su papá todavía no le dirige la palabra, y que su abuela le había dicho que quizá era tiempo de dejar la escuela, que ya no debería intentar ser una buena estudiante pues, obviamente, no lo era. Su abuela y la mía deberían ser amigas. Al parecer, piensan igual.

Cindy es mi alma gemela. Se ríe cada vez que lo digo. Amo a esa chica. Nunca me juzga ni me quiere cambiar. Me ama como soy. Tal para cual ("uña y mugre", diría mi mamá). Reímos y lloramos juntas. Nos apoyamos en los buenos y los malos momentos. Mejores amigas para siempre. Y ahora tenemos una foto que nos tomamos esta tarde para demostrarlo.

6 de octubre

La tía Bertha conoció a Sebastián en la tarde. Fue gracioso, y a la vez desesperante. Si hay algo que mi tía Bertha odie más que a los católicos, es a los gais. Odia a las lesbianas más que a los hombres homosexuales, pero ellos no se salvan. No sé por qué. Dicen que solía ser amiga de toda clase de hombres homosexuales antes de que la tocara la mano de Dios. De cualquier manera, ya no le caen bien. Tuve que presentarle a Sebastián otra vez porque, si bien se lo he presentado unas diez veces, nunca lo recuerda.

—¡Hola, muchacho! ¡Qué guapo! ¡Tienes un amigo muy guapo, Gabi! Si fuera un poco mayor, a lo mejor me invitaría a una cita —dijo, y le guiñó un ojo. Qué asco. Me vomito. Pero no paró ahí—. ¿Tienes novia, guapetón?

—¿Novia? ¡No! Pero tengo novio —dijo Sebastián, riéndose, antes de que pudiera advertirle sobre la tía Bertha.

—¡Ya valió! ¡Esto se va a poner bueno! —gritó Beto desde la sala.

Beto es un instigador de primera. La tía Bertha no se callaba sobre lo pecaminoso que es estar con otro hombre, y no me aguanté.

—¿Y no es pecado acostarse con un hombre casado? —le dije.

Debí callarme la boca. Eso caló hondo. Su estado actual era secreto. Solo me miró fijamente con ojos vidriosos. Estaba dolida, y me sentí terrible. La diarrea verbal de Gabi de nuevo. Mi hermano solo sacudió la cabeza. Si mi mamá no hubiera estado trabajando, me hubiera metido en problemas. Lo que no entiendo es... ¿por qué me siento tan culpable de haberle dicho eso, si ella no se siente ni siquiera un poco mal por culpar a Sebastián de la caída de Sodoma y Gomorra, la disipación de la moralidad en la sociedad y la llegada del anticristo?

Más tarde...

Como Sebastián es gay, está permitido que se quede a dormir, porque no hay riesgo de que tengamos sexo y yo quede embarazada. Al fin le puedo preguntar sobre Pedro. Me reveló que Pedro besa muy bien, tiene un "paquete" grande (aunque Sebastián usó otra palabra que me da pena escribir) y se sabe muchos poemas en su lengua materna, los cuales le recita a Sebastián (¡qué romántico!). Dice que habla español con un acento boliviano muy sexy, y que está aprendiendo inglés, pero le da muchísima pena hablar. Sebastián también dijo que su mamá le volvió a dirigir la palabra, aunque su papá sigue muy enojado y no quiere verlo. También dice que es agradable la casa de su tía Agi, y que ella parece ser amorosa y comprensiva. Solo le dijo que no quiere ver cochinadas en su casa. Lo que se traduce como: nada de sexo. ¿Por qué a todas las mamás les preocupa tanto el sexo? Hay cosas más importantes en la vida, como la escuela, la carrera, la poesía, los libros, el helado o aprender a preparar un pastel de chocolate perfecto. Es tan frustrante, demonios.

Nos tenemos que dormir porque son como las 3:00 a.m. y se supone que nos veremos con Cindy temprano para desayunar. Nos dormiremos tan pronto como Sebastián termine de hablar con Pedro. Tenía razón, sí tiene un acento boliviano muy sexy.

12 de octubre

Está bien. Guau. Ya me di cuenta de por qué las mamás están tan preocupadas por el sexo: está en todas partes. En serio, a la vuelta de la esquina. ¡Ahhh! No puedo creer que finalmente pasara. Estaba en Álgebra II y le pedí permiso a la señorita Black para ir al baño. Por supuesto, dijo que sí (a veces creo que tenerme en su clase todos los días durante los últimos cuatro años es tan desagradable para ella como lo es para mí). No tenía ganas de ir al baño, pero estaba tan aburrida que necesitaba salir quince o veinte minutos antes de volverme loca haciendo otra ecuación cuadrática. Quería comprar un Dr. Pepper (para acompañar los Hot Cheetos que estaba botaneando) en las máquinas de abajo, las que están cerca de los salones de ciencias, cuando escuché pasos en la escalera. Miré hacia arriba, y quién iba a ser si no el mismísimo Señor Sexy, ¡Eric! Intenté acabarme los Cheetos y limpiarme los dedos en el interior de mis bolsillos. En ese instante, lo único que pasó por mi mente fue que había estado esperando ese momento. A él. A Eric, que me quita el aliento y me hace olvidar a Joshua Moore (a quien habían movido al frente del salón porque se comportaba como un asno... qué sorpresa). Se me acercó, bromeamos, flirteamos y hablamos. Yo deseaba que pudiera ver más allá de mi cintura, y se diera cuenta de lo graciosa que podía ser, de lo tierna que era mi risa y de lo buena que soy en literatura. Tal vez lo imaginé. Tal vez solo estaba siendo amable con la gorda de la escuela. Todo eso pasaba por mi mente, cuando sucedió...

El beso.

Bueno, casi. Al principio hablamos, reímos, coqueteamos, y hablamos más, y entonces... *me tocó*. Me tocó suavemente en la cintura. Estábamos tan cerca que podía oler el chicle que estaba masticando.

—¿Sabes? —dijo—. Nunca he besado a nadie.

Esto podía o no ser una mentira, pero no me importó y le seguí la corriente.

—¿Sabes? —dije—. Yo tampoco he besado a nadie.

Qué patético. No puedo creer que dijera eso. Trágame tierra.

—Oh —dijo, y yo intenté respirar, porque fue uno de esos momentos en que Eric me dejaba sin palabras.

—Ajá —dije, como una tarada.

Pero... y esto es lo que me hace creer que no fui una completa tarada como había pensado al principio... sentí sus manos en mi cintura, mi espalda contra la pared, mis entrañas ardiendo. *Toda* mi piel vibraba. Nuestros labios se acercaron, casi podía saborear la menta...

—¿Qué están haciendo? —escuchamos de pronto, y vimos la enorme cabeza calva del señor Paul asomarse por la puerta del salón de biología—. Regresen a clase antes de que llame a seguridad.

Me sentí devastada y avergonzada al mismo tiempo. Yo tenía clase con el señor Paul después, y él nunca olvida nada, así que seguro lo iba a mencionar. Subimos las escaleras corriendo y, justo cuando llegamos al último escalón, me giré hacia él y lo besé antes de que pudiera acobardarme.

Se sorprendió mucho. Casi tanto como yo. Hice algo que quería hacer, pero que sabía que no debía. Las cosas no estaban en orden. Se supone que yo debía esperar a que él lo hiciera. Más vergüenza.

—Guau. No pensé que fueras así. Supongo que eres más valiente de lo que pensé —dijo y, aunque es un estúpido cliché, lo acepté.

Supongo que esta gordita es más valiente de lo que ella misma pensó.

Llamé a Cindy cuando llegué a mi casa, y le dije que algo

había pasado, pero no podía contarle por teléfono porque mi mamá podía estar escuchando. Odio que haga eso. No sé por qué no confía en mí. Luego Cindy me preguntó por qué era tan anticuada, llamando desde el teléfono de la casa.

—Se me cayó el teléfono en el escusado —dije—, y mi mamá no quiere comprarme otro. Ni modo, de vuelta a la edad de piedra. Pronto te empezaré a escribir cartas a la luz de las velas.

Se rio y quedé en pasar por ella en la mañana. Luego llamé a Sebastián y le dije lo mismo.

En serio, no sé por qué mi mamá no confía en mí y tiene que escuchar mis conversaciones, o por qué no cree que soy responsable. Saco buenas calificaciones, ayudo en la casa, no me meto en problemas en la escuela. Es más de lo que puedo decir de Beto, que va reprobando educación física. ¿Cómo repruebas educación física? No sé, pero parece que mi hermano se las arregla. Pero yo soy la irresponsable y floja.

Cuando le pregunté a mi mamá por qué cree eso de mí, dijo:

—Yo empecé a trabajar a los cinco años, en el campo. Camotes, frijoles, ejotes, fresas, tomates y hasta cacahuates. Ahí, agachada, buscando cacahuates en la tierra, recogiendo cada ejote, cada tomate. Solo veía espaldas dobladas en el horizonte y, si miraba los surcos, piernas sin torsos. Empezábamos al alba, apenas y salía el sol, y ahí estábamos, con sacos a la espalda. Te agachabas, recogías, llenabas. Te agachabas, recogías, llenabas. Nos íbamos a casa con las manos resecas y las uñas negras. Íbamos a la misa de las siete, todos cansados, pero un pellizco de tu abuela nos despertaba. Luego, a la escuela, y luego, de vuelta al campo. ¿Y tú no puedes sacar la basura?

No había nada que pudiera decir después de eso. Con un discurso así, por supuesto que me sentía floja e irresponsable. Y un poco apenada por quejarme tanto.

13 de octubre

Dejé a Beto en la escuela y le advertí que no le contara a mamá que me iba a saltar la primera clase, o de lo contrario le contaría de la chica que vi salir por su ventana en la noche. Luego, Sebastián, Cindy y yo fuimos a Starbucks, para poder hablar un rato en privado. No podía esperar para contarles lo que había pasado. Al principio no salió como lo planeé.

—Espera, ¿*tú* lo besaste? —preguntó Cindy.

—¡Sí! —dije, extasiada.

Entonces empezó a soltar un rollo de cómo eso me hacía parecer desesperada y fácil, y bla, bla, bla. Yo hubiera querido decirle que mejor no habláramos de desesperadas y fáciles, pero la hubiera hecho llorar y yo me hubiera sentido como la mierda después.

Sebastián, por otro lado, pensó que fue muy valiente de mi parte ir a por lo que yo quería. Dijo que de eso se trataba el amor, de no tener miedo. Aunque secretamente sé que tiene miedo. Hace una semana le dieron una paliza a un chico de una escuela rival porque lo vieron de la mano con su novio en el centro comercial. Los arrestaron a ambos, y los dejaron ir de inmediato. ¿Qué es esto? ¿1955? Tampoco lo mencioné.

—Bueno, no es que lo hubiera planeado. Sucedió. Fue en el calor del momento. —Sentí que me tenía que defender—. ¿Y dónde está escrito que las mujeres tenemos que esperar a que nos besen?

Nadie sabía cómo responder esa pregunta, porque en realidad no está escrito en ningún lado, pero todos sabemos que es parte del reglamento implícito entre hombres y mujeres.

—No sé si fue valiente o estúpido —dijo Cindy—, pero me da gusto que ya tuvieras tu primer beso.

Me di cuenta de que intentaba tapar lo que había dicho antes y, como era mi mejor amiga, la perdoné.

No vi a Eric hasta el primer receso.

—¿Dónde estuviste en la mañana? Te busqué por todos lados —dijo.

Le expliqué que habíamos llegado un poco tarde a la escuela.

—Ah. Pues, qué bueno que te encontré.

—¿Por? —pregunté.

—Eh... nosotros... pues... yo sé que ya sabes que me gustas. —En ese momento, ambos nos megasonrojamos, y yo hice un ruido afirmativo, aunque no salió ni media palabra de mi boca—. Buenooo... quería saber... si tú... querías... eh... ser... ya sabes... ¿mi novia?

—¿Qué?

Así de fina fue mi respuesta: "¿Qué?". No puedo creer que haya sido lo primero en salir de mi boca. Pero no podía explicarle mi incredulidad ante el hecho de que él, Eric Ramírez —secretamente adicto a la historia, admirador de estúpidas competencias de canto en televisión, fumador de marihuana, corredor de maratones y chico supersexy—, se fijara en mí, Gabriela Hernández —hija irresponsable, niña mala en potencia (según mi madre), escritora semidecente tirándole a buena, admiradora de corredores de maratón, devoradora de tacos de carne asada (hasta en Viernes Santo) y un tanto gordita.

Parecía sorprendido, otra vez. Luego, apenadísimo.

—Ah... yo pensé... —dijo.

Lo tuve que interrumpir.

—¡No! Quiero decir, ¡sí! Sí quiero ser tu novia. Solo estaba... No sé... Pero sí. Afirmativo. Seré tu novia. —Por algún motivo, sentí que debía decir esa última parte con voz de robot—. Lo siento. Hablo como robot cuando me pongo nerviosa.

¡Mentira! ¡Nunca hago voces de robot! Lo hice porque me pareció lo más natural en ese momento, y si lo admitía iba a sonar todavía más raro. Tengo mucho que aprender sobre relaciones y sobre cómo ser una novia (normal).

El resto del día fue genial (fuera de Álgebra II, claro está). Por primera vez tengo novio, y toda la preparatoria Santa María lo sabe. Soy feliz. Buenas noches.

20 de octubre

Ya que se acerca Halloween, la señorita Abernard nos dejó de tarea leer historias de terror, muerte, fantasmas y otras cosas relacionadas con la fecha, pero no lo dijo abiertamente, porque si decía que era por Halloween, se podía meter en problemas. Qué estúpido. Hemos estado leyendo muy buenos poemas. Leímos "El cuervo", de Edgar Allan Poe. Ya lo habíamos visto el año pasado, pero fue agradable releerlo. También hemos estado leyendo poemas de Sylvia Plath. Es muy sombría y siempre habla de la muerte y el suicidio. Me encanta. Mi poema favorito hasta ahora es "Señora Lázaro". Ahí dice que ha intentado matarse tres veces, y siempre vuelve a la vida, como Lázaro en la Biblia; un milagro cada vez. Solo que, a diferencia de Lázaro, Sylvia no parece muy feliz de haber vuelto.

Antes de que la señorita Abernard nos dijera, yo ya sabía qué nos iba a pedir. Teníamos que escribir un poema sobre lo que estábamos leyendo. Ya habíamos escrito otros poemas cortos y textos libres. Por supuesto, Martín ya tenía un poema brillante sobre fantasmas y muerte. Creo que yo escribiré sobre la muerte de mi abuelo. Extraño mucho a mi abuelito. Pienso en él todos los días. No puedo creer que ya ha pasado un año. Cuando llegue a casa hoy en la noche, me voy a dedicar a eso.

Esta es mi parte favorita de "Señora Lázaro", de Sylvia Plath, porque suena intensa. ¡Les dice a Dios y a Satanás que tengan cuidado! ¡Qué demonios! *Ay*. Es tan buena.

Herr Dios, Herr Lucifer.

Cuidado.

Cuidado.

Esa noche...

Mi papá —que justo esta mañana estaba tirado inconsciente en la sala— anunció que se iba a desintoxicar. Nos
llamó a todos a la sala y dijo que lo sentía, que se había cansado de vivir para drogarse, y que quería ser un mejor esposo,
padre y hermano. La tía Bertha juraba que su decisión se
debía a sus poderes curativos.

—¡Lo sabía! Anoche sentí las llamas del Espíritu Santo
rozando mis oídos ¡y una oleada de fuego cubrió todo mi
cuerpo! Desperté en la mañana y supe que tenía el poder de
cambiarte, hermanito.

Todos pusimos los ojos en blanco, pero no dijimos nada.
Estoy increíblemente feliz por la decisión de mi papá, pero no
quiero hacerme ilusiones. No es la primera vez que intenta
dejar las drogas. Sin embargo, tampoco dije nada que pudiera desanimarlo. Todos (bueno, Beto no tanto) le mostra-
mos nuestro apoyo. Esta vez sí se siente distinto. Parece la
última. Así que le escribiré otra carta.

Querido papi:

¡Estoy tan emocionada de que decidieras ponerte bien!
Lo has intentado otras veces, pero ahora sé que será distinto. Puedo sentirlo. No como la tía Bertha dice sentir las

cosas, sino muy adentro. Será difícil por un tiempo, es probable que sufras, pero creo que valdrá la pena. La vida definitivamente no será como antes. No recuerdo una época en la que no fueras adicto, pero mami sí, y dice que eras un hombre maravilloso. Sé que eres una persona increíble cuando no consumes drogas. Eres gracioso y tierno, y buena persona. No puedo esperar para verte así todo el tiempo. Será un gran cambio para todos. Pero uno bueno. Tal vez, cuando estés limpio, puedas tener una mejor relación con Beto. Te quiere mucho, aunque siempre lo rechaces. ¿Por qué lo haces? ¿Porque se parece a ti? ¿Porque es necio, de buen corazón, orgulloso, sensible y callado? Es posible. Por la razón que sea, estoy segura de que todo será diferente cuando estés mejor. Padre e hijo se llevarán mejor, y todos creceremos como familia.

Te amo, papi.

Gabi

Quizá pueda leerle esta carta cuando esté limpio.

21 de octubre

No puedes escapar de la familia, y en la mía es igual. Aparentemente, desintoxicarse no implicaba ir a una clínica.

¿Por qué pensé que sí? Ay, Gabi, eres tan chistosa. No, papá dijo que podía hacerlo de golpe. De nuevo. Que podía parar cuando quisiera. De nuevo. Ya lo intentó una vez, dos, y ahora va por la tercera. Pronto vendrán las alucinaciones. Entonces empezará a matar demonios (por dentro y por fuera), gritando de dolor. Luego vendrán las arañas, los insectos bajo la piel que lo hacen rascarse hasta sangrar. Es horrible. Sé cómo es porque la primera vez, cuando tenía doce años, mi mamá nos explicó para que no nos asustáramos, o para no asustarse ella. No ayudó mucho. Beto y yo dormimos juntos varias semanas. Ya no soy una niña, y sé que mi papá no es y nunca será el mismo. Vivirá siempre luchando contra la adicción, y cada día será una batalla. La bestia nunca se irá, ella es la que está al mando. Algunas veces quiere que pienses que tu papá está mejorando y que pronto se convertirá en el hombre que quiere ser realmente, pero la bestia no deja de controlarlo en ningún momento.

La escuela no importa mucho hoy. Les conté a Cindy y a Sebastián lo que está pasando, y trataron de ser comprensivos. No tengo ganas de contarle a Eric. Aunque estamos saliendo, no estoy segura de que pueda confiarle algo así. Las únicas dos personas que saben del "problema" de mi papá son Cindy y Sebastián, y solo porque nos lo encontramos una vez en el parque. Eso sí fue una vergüenza.

Eric se molestó porque no quise decirle por qué estaba mal. Le dije que era cosa de chicas y dejó de presionarme.

Parecía tener miedo de tocarme después de eso. Le dije que no era contagioso. Se sintió muy incómodo. Me fui a la biblioteca para escribir el poema sobre mi abuelo, pero no se me ocurrió nada. Encima de todo, tengo que escribir las solicitudes para las universidades, cosa que debí haber empezado hace un mes. La señorita Rodríguez, la asesora, dice que ya deberíamos ir por la segunda o tercera versión porque la fecha límite es a finales de noviembre. Y, dado que quiero aplicar a seis universidades, tengo un montón que escribir. ¡Ahhh! Creo que mejor me voy a dormir. A lo mejor me enfermo mañana y no voy a la escuela. No, mi papá estará en casa. Probablemente la escuela sea mejor.

26 de octubre

No estoy segura de que me guste tener novio ahora que tengo uno. O sea, me gusta la parte de los besos y de andar de la mano. ¡Me encanta! Pero eso de que me esté siguiendo todo el día y de tener que comer juntos siempre me está asfixiando un poco. Y encima de todo ¡Eric dijo que me ama! Me ama. A mí. No supe qué decir y fingí que había una abeja en mi playera. No quería decirle "Te amo" porque no es cierto. Sería una mentira, y odio mentir. Así que le escribí una carta (que seguramente no enviaré) expresando mis sentimientos sobre nuestra situación actual.

Querido Eric:

Disfruté los momentos que pasamos juntos en el pasillo. Y en el gimnasio. Y en tu auto. Y cuando tomaron la fotografía de generación. Tu aliento olía divino. Me gustó que masticaras chicle antes de acercarte a mí. Obviamente, a mí se me olvidó, como pudiste percibir la semana pasada en el olor a Hot Cheetos de mis labios suaves y carnosos. De todas maneras, quiero decirte que me gustas mucho. No creo que pueda ni deba usar la palabra amor porque está reservada para ocasiones especiales. No es que tú no seas especial, pero no eres tan especial... todavía. Cuando te veo, quiero correr a abrazarte, lanzarte contra una pared y sentir la humedad de tu boca. Quiero acariciar tu cabello, tomarte de la mano y caminar contigo en el receso, que la gente diga: "¿En serio está saliendo con ella?". "A lo mejor la gordita no está tan mal", pensarán. No quiero herir tus sentimientos, pero tampoco te quiero mentir. Creo en la honestidad. ¿Tú no?

Con cariño,

Gabi H.

No creo que me atreva a mandarla. No sé cómo lo tomaría Eric. Lo voy a platicar con Cindy mañana, a ver qué le parece. O tal vez no. Ha estado muy sensible últimamente, y no estoy de humor para la furia de la chica embarazada. No pensé que tener novio fuera tan problemático. No quiero pensar en esto hoy. Le daré más vueltas en la mañana. Creo que mejor me dedico al poema de mi abuelo, porque tengo que entregar la primera versión mañana.

28 de octubre

Sebastián está en seeerios problemas. Me da mucha pena por él. Ayer no fue a la escuela, y hoy nos enteramos por qué. La situación actual es más o menos esta:

Sebastián ha estado diciendo que no importa que sus padres no lo acepten, porque no los necesita. Yo ya le dije que eso era ridículo. Se necesitan mutuamente, son familia, llevan la misma sangre. Y aunque la familia sea el pegamento que nos vuelve locos, también es el que nos hace ser quienes somos. Desde que sus papás lo echaron de la casa, ha estado viviendo con su tía Agi, y todo iba muy bien hasta hace dos noches, cuando lo cachó con las manos en la masa (por decirlo de alguna manera) con Pedro, el boliviano de acento sensual que había estado susurrándole poesía y otras cosas en su hermoso español que, como sabemos, es el idioma del amor. Asumo que estaba hablando mucho español cuando la tía Agi regresó —antes de lo esperado— de su noche de póker. Después de ponerse los pantalones (Sebastián insiste en que nada iba a pasar, lo cual suena totalmente idiota pues, ¿para qué quitarte los pantalones si no va a pasar nada? Seré virgen, pero eso hasta yo lo sé), intentó hablar con su tía. Le dijo que estaban enamorados, pero la tía Agi estaba tan enojada que dijo cosas como: "¡Cochinos!, ¡Qué asco!, ¡Debería darles vergüenza!". Y así fue. Mandó a Sebastián al psicólogo para que le quitara la idea de ser gay (parece que no es tan comprensiva como pensamos), y ayer llevó un sacerdote, que lo amenazó con Dios, por supuesto, porque todos saben que la misión que Dios dejó a sus seguidores es odiar a la gente y condenarla al infierno. Finalmente, le prohibió usar playeras rosas y bolsos, y tener amigos hombres que pudieran tentarlo con sus penes pecadores. Solo tiene permitido hablarnos a Cindy y a mí, porque en potencia podemos volverlo heterosexual. Tal vez espera que le mostremos nuestras vaginas y le quitemos lo gay, cogiéndonoslo. Los adultos asumen cada estupidez. Pero parece que la tía Agi no comprende que así no funciona. Ser heterosexual no es una decisión, y ser gay tampoco.

Y es por eso que Sebastián está durmiendo en mi casa. Es probable que la tía Agi esté en su casa rezando por que estemos teniendo sexo en este momento. Se sentiría muy decepcionada si supiera que solo estamos hablando de chicos y fingiendo que hacemos la tarea.

30 de octubre

Hoy fue el gran día en la clase de poesía. La señorita Abernard nos hizo leer nuestros poemas *enfrente de todos*. El de
Martín fue genial. Su poema tenía algunas palabras en español, y el mío también. Hemos estado practicando usar los dos
idiomas al escribir, desde que leímos poemas de dos super-
poetas: Michele Serros (¡que todavía vive y es de California!)
y Sandra Cisneros (ella también vive, pero no es de California). Antes de leer sus obras, ni siquiera sabía que se podían
utilizar dos idiomas en un poema. Pensé que estos debían ser
en inglés o en español. Estaba equivocada. Michele Serros
tiene un poema muy gracioso (¡Los poemas también pueden
hacer reír! ¿Quién lo hubiera dicho?), llamado "La venganza
del cerdo muerto". Se trata de una niña que adora comer chi-
charrones y termina ahogándose con uno. Ay, Dios, yo sé lo
que es amar así la comida. Es posible que por eso me guste
tanto el poema.

Martín escribió sobre La Llorona, que de alguna manera
está relacionada con su madre, su abuela y su bisabuela. Me
tocó leer después de él, y me puse muy nerviosa porque a
todos les había fascinado su poema. Tenía miedo de que se
rieran del mío. Pero no... Les encantó. Seguramente Martín
tuvo algo que ver, pues me ayudó a saber dónde romper un
verso, dónde comenzar una nueva estrofa y otras cosas a las
que no les había puesto mucha atención. La señorita Abernard dijo que mi poema era muy bueno y sugirió que lo in-

cluyera en la revista que habíamos empezado en clase, *Nube negra*.

Este es el poema que escribí:

CUANDO MUERA TU ABUELO

Cuando muera tu abuelo
pregúntate
si Dios existe,
porque no creo que sea posible

si ves a ese anciano,
quieto
sobre la cama,
con los ojos cerrados,
la cabeza contra el pecho,
no dormido,
no en su hogar,
sino en un hospital
donde no quería estar.

Y cuando llegues al funeral
no mires la caja.
No importa cuánto creas que quieres,
no lo hagas,
porque no es tu abuelito,

el que mecía los árboles
y hacía llover limas.
No es el abuelito que te compraba
dulces de coco, raspados y paletas.

No es él en esa caja
con florecitas pintadas
y una cruz bordada en su interior
para un viaje seguro.

No es el abuelito que te sostuvo.
No es el abuelito de noventa años
que podaba solo el césped,
cultivaba nopales en el patio
y alimentaba a un perro
de nombre Palomo.

No es él.

Tu abuelito llevaría sombrero
para cubrir su calva.
Tenía una uña rota y sucia de tierra
de tanto sacar hierba en la mañana.
Y tenía más arrugas.
Y olía a Zest y a Old Spice,
y tomaba siestas bajo el sol.
Y despertaba al escuchar tu voz.

En esa caja
solo hay un anciano parecido a él.
Que acabará en un hoyo en la tierra (para siempre).
Que no estará ahí cuando te cases.
Que no conocerá a tus hijos.
Que terminará bajo la tierra, las piedras y el pasto,
sin importar lo que digas ni cuánto grites o llores.

Cuando veas sus fotos
pedirás perdón,
y cuando estés en la orilla de ese puente,
lista para saltar,
no lo harás, porque él se habría decepcionado.

Las canciones te harán recordarlo,
en especial una que dice,
"Me caí de la nube que andaba
como a veinte mil metros de altura",
porque él te la cantaba
cada vez que le decías,
"Abuelito, cántame la canción".
Y él sabía de cuál hablabas
porque te conocía más que nadie.

Caminarás hasta su tumba,
junto a la de tu abuela,
y le preguntarás

si Dios existe,
pero no te dirá nada, porque ha muerto.
Pero, como sabes lo que piensa,
conoces la respuesta.

Empecé a trabajar en una segunda parte de ese poema, sobre la muerte de mi abuela. Solo por diversión. Martín me dijo que le gustó mi poema. Creo que a mí me gusta Martín. ¡Ay, Dios! No me puede gustar, porque estoy saliendo con Eric. ¿O sí? ¿Estaría mal? ¿Me vuelve una zorra? ¿Me convierte en una infame mujer callejera? Es probable. Necesito dejar de mirar esas repeticiones de *I love Lucy*. Mejor voy a comerme un sándwich de queso y medito sobre esta delicada situación.

Más tarde...
Acabo de colgar con Eric. Creo que le ha hablado a su familia de mí y quieren conocerme, en especial su abuelita. ¿Su abuelita? "Delicada" es la palabra del día, definitivamente.

31 de octubre

Halloween fue una tontería. Como siempre.

4 de noviembre

La tarea de poesía este mes es sobre el agradecimiento. Qué cliché, señorita Abernard, qué cliché. Creo que el poema sobre mi abuela moribunda puede entrar en esa categoría, así que seguiré escribiéndolo y entregaré eso. Cindy ya se ve muy embarazada. Fuimos de compras ayer y tuvo que comprarse ropa de maternidad, con una banda elástica rara en la cintura. La ropa es espantosa.

Me da gusto que fuéramos solo ella y yo. Adoro a Sebastián, pero a veces quiero estar con Cindy nada más. Cuando volvimos a mi casa, mientras disfrutábamos de una deliciosa pizza de salchicha italiana, le hice una pregunta que me había guardado desde hacía tiempo porque me daba pena. Le pregunté cómo era tener sexo. Nuestra conversación fue más o menos así:

Yo: Oye, Cindy...

Cindy: ¿Qué pasa, calabaza?

Yo: Quiero preguntarte algo muy personal. Y, como eres mi mejor amiga, no creo que esté mal.

(Me miró con sospecha).

Cindy: Ajá... No vas a hacer que te explique otra vez cómo usar un tampón, ¿o sí? Porque no nos salió muy bien la vez pasada.

Yo: ¡No! Ya aprenderé, en algún momento. Lo que quiero saber es cómo se sintió.

Cindy: ¿Cómo se sintió qué?

Yo (Me sentí enrojecer, pero no podía echarme para atrás sin averiguar esa útil información): El sexo. Eso.

Cindy (Ahora la sonrojada era ella): ¿Eso? ¿Quieres decir el "eso" de Germán?

Yo: Bueno, sí.

Cindy: Tú sabes cómo se siente. Ya sentiste uno.

Yo sabía a qué se refería, pero fue una situación totalmente distinta.

Yo: ¿Estás hablando de esa vez, en la fiesta de quince años?

Nos echamos a reír. Fue hace como dos años, antes de que empezara a escribir mi diario, pero lo registraré de todas maneras porque no lo quiero olvidar nunca.

Las dos llevábamos pantalones blancos, blusa negra, tacones negros, labial rojo, delineador negro y las pestañas muy pintadas. Era la fiesta de quince años de una chica que no conocíamos. Su gran día estuvo lleno de extraños, amigos de los amigos que invitaron el primo de su mamá y la cuñada del sobrino del tío de su papá. Nos llevó la mamá de Cindy. Buscamos una mesa cerca de la pista de baile, porque a eso íbamos. En cuanto nos sentamos, la mamá de Cindy metió el centro de mesa en su bolso: flores fucsias de plástico, alrededor de un florero con una vela blanca en el interior, sostenido por una muñeca blanca de porcelana brillante (la quinceañera, en cambio, era color tamarindo), que tenía escrito en el vestido "Mis XV Años". Típico comportamiento de la mamá de Cindy.

Cindy se veía increíble, y supongo que yo no me veía tan mal porque un tipo me invitó enseguida a bailar. Él también llevaba pantalones blancos apretados, y sombrero de lado (solía pensar que usar el sombrero así era sexy; ya no). Tenía los botones de su camisa de seda de la Virgen de Guadalupe abiertos hasta el pecho, mostrando una cadena de oro gruesa alrededor del cuello, con una inmensa cruz que se enredaba en el pelo de su pecho, de modo que Nuestro Señor y salvador me miraba directamente a los ojos mientras bailábamos. Cuando me apretó contra él, sentí correr gotas de sudor por su pecho, y entonces... lo sentí. Recuerdo que pensé: "¡Qué asco!". Por primera vez en mi vida sentía el miembro de un hombre en mi cadera. Me estaba tocando. Dios mío. Hice lo primero que se me ocurrió para salvarme de una exposición prolongada a la anatomía masculina, que parecía ser lo que buscaba ese tipo:

—Mi amiga Cindy tiene muchas ganas de bailar contigo. En serio, le encanta bailar, pregúntale.

Cindy estaba enojadísima. También resultó ser su primera vez.

Yo: No me refería a eso y lo sabes. ¿Te dolió?

(Cindy tenía una expresión rara, como si no quisiera hablar de ello).

Cindy (suspiró y miró hacia otra parte): No se sintió bien.

Por lo menos para mí. O sea, me dolió, y no fue lo que esperaba. Pensé que se sentiría bien, pero fue más bien incómodo cuando pasó el dolor. Había un poquito de sangre en mis calzones cuando llegué a casa. Es solo que... fue tan... no sé. En fin, no fue como pensé que sería la primera vez. O sea, lo hicimos en el asiento trasero del auto de la mamá de Germán. Tú sabes lo cochina que es. Estaba hecho un desastre. Creo que en algún momento tuve un Cheerio pegado en mi trasero. No pudimos parar de reír después de lo del Cheerio. Nos acabamos la pizza, y luego Cindy se fue a su casa a continuar llenando sus solicitudes para la universidad. (Me da mucho gusto que al menos siga con esa parte de nuestro plan). Esto fue hace como treinta minutos, supongo que yo también debería revisar mis solicitudes. Ya terminé mi primera carta de solicitud. Creo que, con algunos cambios, puedo usarla para cada universidad. Todas piden más o menos lo mismo. Bueno, ahora sí me voy a poner a llenar los formularios.

6 de noviembre

No puedo creer que haya sacado "C" en mi examen de Álgebra II. En serio, pensé que iba a reprobar. Eso significa que mi mamá tenía razón, solo necesitaba estudiar más. No se lo diré porque seguramente me lo echará en cara. Creo que le estoy tomando cariño a Eric. Aunque todavía no puedo dejar de pensar en Martín. Ya le escribí más cartas a Eric (que obviamente no le voy a enviar porque, siendo mujer, no debo ser demasiado directa, o al menos eso dice mi mamá: "No seas ofrecida. Te ves desesperada").

Querido Eric:
Tus labios se sentían tan suaves. Gracias por todo.

G.

_____

Querido Eric:
¿Qué onda? ¿Cómo has estado desde nuestra última charla? Yo estoy bien, pensando en ti y nuestros besos.

Yo

_____

Eric:
Me estoy cansando de escribirte cartas y no dártelas. Lo que quiero decir es que en verdad me gusta besarte. Pero es posible que solo me guste besar. Estoy muy confundida. Me gustas, pero también me gusta Martín. Y quizá todavía me guste Josh. Sé lo que estás pensando. Bueno, en realidad no, porque no estás leyendo estas cartas. De cualquier modo, es probable que pienses "¡Qué zorra!", y no sé si estaría de acuerdo contigo porque no puedo evitar sentirme así. ¿Tú tienes el control sobre lo que sientes? Si

es así, qué bueno, pero a mí me agrada sentir esto. Nunca lo admitiré, porque seguramente dirías algo como: "Yo pensé que las gorditas eran diferentes". Y yo contestaré: "Las gorditas son diferentes".

Gabi

Caray, Gabi, ¿de dónde salió la última carta? Gracias a Dios que no se la voy a mandar. Me pregunto qué estará haciendo Martín. Se veía tan lindo con sus nuevos Converse rojos. Mi mamá está tocando a la puerta. Tengo que esconder las Cheez-its y abrir.

Más tarde...
Mi mamá encontró las Cheez-its. No lo entiendo. Ni que ella fuera una supermodelo. ¿Por qué siempre me dice que baje de peso?
—¡Es por tu bien! Tienes que estar sana. ¿Quieres que te dé diabetes? Mira a tu abuela, tiene diabetes y tiene que usar insulina, y a lo mejor hasta pasa por diálisis. ¿Quieres que te hagan diálisis?
Por supuesto que no. ¿Quién querría diálisis? Sin embargo, no se lo puedo decir porque me voltearía la cara a bofetadas. Bueno, siempre me amenaza con pegarme, pero nunca lo hace. Sí me ha pegado algunas veces. La última vez que lo intenté, salí huyendo de ella y de su chancla de felpa

rosada hasta mi cuarto, me envolví en las cobijas y anduve de un lado a otro gritando y llorando como una loca. Mi mamá se sintió muy mal, y luego yo también. Pero no quería que me pegara. Da lo mismo. Encontró y confiscó mis deliciosas galletas de queso, me hizo aspirar abajo de la cama, porque jura que me van a invadir los ratones, y dijo que tenía que empezar a hacer ejercicio otra vez. Ajá, cómo no. Tengo mucho que hacer este mes. Entrenar tendrá que esperar hasta diciembre, después de que mande todos los papeles a las universidades y solo quede esperar que me rechacen.

En este momento voy a intentar no pensar a dónde va mi papá. Decidió que vivir sin drogas no es para él. Lo escucho sacar su bicicleta del garaje. Suspiro. Sí, ahí está la reja, y ahí va mi papá. Diré un Padre Nuestro y un Ave María por él hoy en la noche. Y tal vez mañana escriba un poema sobre él.

10 de noviembre

No sé si reír o llorar. Supongo que reír estaría mal porque es una situación seria. Mi mamá recibió una llamada tan pronto como volví a casa de la escuela. Arrestaron a Beto. *Lo arrestaron*. ¡Ja! De acuerdo, no es gracioso, pero de cierta manera sí. Ella siempre está diciendo que es un niño maravilloso y bla, bla, bla. Él es su favorito. Pero hoy arrestaron a mi querido hermanito menor. A él y a su amigo Miguel Juárez, para ser exactos. Los agarraron pintando el costado de una autopista... a pleno día... en horas de clase. ¿En serio? Pero, ¿cuál es la sorpresa? Arrestan a Beto y mi mamá me culpa a mí. —¿Esto es lo que le enseñas? ¿Este es el ejemplo que le das? —me grita todo el camino.

Yo le quiero gritar: "¡Yo no soy su madre! ¡Tú sí!", pero no puedo, porque me tendría que enfrentar a la chancla, y da lo mismo qué edad tenga. No le puedo recordar que lo ha dejado descarrilarse. Ella espera menos de él, y Beto lo sabe. No le puedo recordar que nuestro padre se rindió, pero ella no tiene que hacerlo. Estoy tan, tan enojada. Y luego viene la parte que ya no es tan graciosa. Encontraron a su hijo perfecto, al que no rompe un plato, al calladito, pintando y destruyendo propiedad pública... y ella sabe que es la responsable. Beto tiene talento, y ojalá se dé cuenta algún día, pero en este momento puedo escuchar la decepción desde el otro cuarto, la voz de mi mamá quebrándose, y el silencio que recibe como respuesta. Lo hizo tirar todo lo que tenía escondido en el clóset, que nadie se había molestado en mirar: pinturas en aerosol, marcadores, rodillos, máscaras.

—¿Qué carajos estás haciendo con un extintor! —escucho.

Y me pregunto lo mismo. Fallé como hermana. Lo sé porque mi mamá me lo dijo, y mi hermano es la prueba.

Pero no puedo pensar mucho en eso ahora. Fue un día demasiado largo. Voy a trabajar en mi segunda versión de la carta de solicitud, en mi proyecto de economía, en el poema de mi abuela, y luego iré a ver a mi hermano. Ya para entonces mi mamá lo habrá dejado en paz.

Más tarde...

Acabo de hablar con mi hermano. Se siente muy mal por todo lo que pasó y dice que no sabe por qué nos importa. Dice que nadie lo quiere.

—¿Qué? —dije—. Estás loco. Yo te quiero.

Dijo que no lo demuestro mucho, que siempre estoy con mis amigos o haciendo otras cosas. Y es cierto. No todo el tiempo, porque no salgo a todas horas, pero sí prefiero estar con mis amigos que quedarme en casa y escuchar a mis padres pelear, o ver como mi papá tira su vida y el dinero a la basura. Además, Beto tiene quince años y yo diecisiete. A mí me gusta la escuela y a él no. A él le gusta fumar marihuana y a mí no. Él ha tenido un millón de novias, y yo nada más a Eric. Él tiene muchos amigos con quienes estar, y yo solo tengo a Cindy y a Sebastián. Él toca la guitarra y yo tecleo rápido. Él mide seis pies y yo no. Le prometí que pasaríamos más tiempo juntos y saldríamos más. Sin embargo, me hizo enojar porque, tan pronto como dije eso, me pidió que lo llevara a comprar más marcadores y pintura. A veces me pregunto si en serio somos familia.

15 de noviembre

Mi mamá está embarazada. ¿Acaso mi vida no es lo suficientemente complicada? Sé que no está contenta, porque se veía muy triste cuando nos lo dijo. El bebé va a ser dieciocho años más chico que yo, y dieciséis años más chico que Beto, a quien sí pareció gustarle la idea. Dijo que siempre había querido un hermanito. Yo dije que siempre había querido un cabrito, pero no iba a suceder. A nadie le hizo gracia. No entiendo cómo se pudo embarazar mi mamá si mis papás tienen una relación disfuncional: él siempre está drogado y ella siempre está enojada con él por eso. Y después de que viniera ese tipo hace unos meses a cobrar lo que le debía, no veo por qué mamá dejaría que papá la tocara. Pero mi papá se emocionó mucho, igual que Beto. No veo por qué. No es el mejor padre con los dos hijos que ya tiene. Suena horrible, lo sé, y quiero a mi papá con todo mi corazón, pero ¿qué estaba pensando?

Cindy y Sebastián no lo podían creer cuando se los conté. Sebastián preguntó si el bebé estaría bien, dado que mi papá era drogadicto. Le aseguré que solo era dañino si mi mamá consumía drogas. ¿Mi mamá *consume* drogas? Esa sería la única explicación lógica para esta desafortunada situación. Le conté a Eric y dijo: "¡Felicidades!". Sabe muy poco de mi familia, de lo contrario dudo que me hubiera felicitado. Él tiene un hermano menor, dos hermanas mayores y unos padres amorosos y aparentemente normales. Conocí a su abuelita la semana pasada y es muy dulce. Me dijo que era muy bonita y comentó lo blanca que es mi piel. Nunca falla. También se sorprendieron cuando hablé español. Debería estar en el circo.

Un nuevo bebé... Eso significa que habrá llantos y pañales,

y más desastre y más ropa sucia y más deudas. ¿Debo conseguir un empleo? ¿Todavía puedo ir a la universidad? Mi mamá siempre dice que las buenas chicas mexicanas se quedan en casa y ayudan a la familia en tiempos de necesidad, y que eso nos hace diferentes. Ahí sí preferiría ser de otra raza si esto es lo que determina mi mexicanidad. Mi mamá debió haber seguido su propio consejo: "Ojos abiertos, piernas cerradas". Si lo hubiera hecho, no estaríamos en este relajo. Meditaré sobre eso después. Ahora necesito terminar de escribir la versión final de mi carta de solicitud. Me sorprendió lo bien que me quedaron todas. Mañana juntaré todos mis papeles y mandaré los paquetes. Gracias a Dios no tengo que pagar, y he podido ahorrar parte del dinero de mi cumpleaños.

Me acabo de dar cuenta de que hay dos mujeres embarazadas en mi vida, y ambas están en situaciones similares. No se lo diré a mi mamá porque seguramente se enojará. Tengo que trabajar en el poema de mi abuela. Cada vez me gusta más la poesía. Es terapéutica. Puedo poner en papel algo doloroso, y parte del dolor (no todo, claro está) desaparece. Se pierde en algún lado y la tristeza que siento se disuelve un poco, al menos. Siempre me ha gustado la poesía, pero no me había dado cuenta de lo poderosa que puede ser. Me tengo que dormir ya, de lo contrario no voy a poder hacer nada mañana.

16 de noviembre

Ya envié las solicitudes de ingreso a la universidad. Las seis. Cuatro públicas y dos de ensueño. En un mundo perfecto, me aceptarían todas y yo podría escoger, pero tengo la sensación de que ese par de ensueño se quedará en eso, un sueño. Sobre todo, Berkeley. Es mi primera opción. Berkeley tiene un programa de literatura fantástico, y eso es lo que quiero estudiar. La señorita Abernard me sugirió que estudiara literatura, tomara clases de escritura creativa y luego hiciera una maestría y me especializara en poesía. No sé qué haría sin ella. Además de tener una gran facultad de literatura, Berkeley está a un brinco de San Francisco.

¡San Francisco!

Fui el año pasado con mi mamá, a visitar a una amiga suya, y me encantó. Es una ciudad increíble. Cuando estás ahí, te sientes vivo, motivado, inspirado. La señorita Abernard dijo que muchos poetas famosos viven ahí, donde tienen toda una comunidad. Todos los días les rezo a los dioses de la universidad para que me admitan en Berkeley.

Cindy, Sebastián y Eric todavía no mandan sus papeles. Cindy dice que le da miedo no entrar. Está pensando en buscar un trabajo en el consultorio médico donde trabaja su mamá como recepcionista. Le dije que era una tontería, que ella quería ser doctora, no trabajar para un doctor, y dado que iba a tener un bebé era su obligación ser un buen ejemplo y no abandonar sus sueños. Dijo que enviaría las solicitudes (gracias a Dios). Espero que no lo haya dicho solo para que me callara. Eric dijo que consideraría ir a una universidad comunitaria, aunque esperaba convertirse en un patinador famoso. Yo me reí a carcajadas. Pensé que estaba bromeando. Sin embargo, lo dijo en serio. Necesito hacer algo con esta relación. Sebastián también quiere ir a Berkeley... muy, muy lejos de Santa María de los Rosales, California. Tiene sentido. Santa María es conocida por su smog y sus autopistas atascadas, no por su amor y aceptación de la comunidad homosexual. Aun así... amo mi ciudad con la misma intensidad con que amo a mi papá. No puedo escapar de mis raíces, y supongo que es mejor abrazarlas en lugar de cortarlas.

Ahora, a terminar ese poema sobre mi abuela. Una revisión más de la última estrofa y estará listo para leerlo mañana.

17 de noviembre

Leí el poema y recibí reacciones encontradas de parte de la clase. Algunos dijeron que les gustó, y otros, que era duro. Los que me criticaron dijeron que no debía hablar así de mi abuela, porque estaba muerta, y era irrespetuoso de mi parte y bla, bla, bla. Pero Martín salió en mi rescate. Dijo que el tema del poema era el agradecimiento, y que, si bien era poco convencional (así dijo, "poco convencional"... ¿cuántos años tiene, treinta?), expresaba lo agradecida que estaba de que mi abuela ya no sufriera.

Este es mi poema poco convencional:

CUANDO TU ABUELA OLVIDE

Cuando tu abuela olvide,
se olvidará de ti
y de Dios.
Olvidará cómo tejer,
cómo hacer tortillas
y por qué existe.

Caminará por las calles,
perdida en su ciudad.
Su mente se derrumbará tras ella,
y tú recogerás
los pedazos,
que ella también rechazará,
porque
no te recuerda.

Y dirás cosas como:
"Abuelita, soy yo, Gabi".
Y ella intentará ubicarte,
pero solo encontrará un recuerdo.

"Cuando eras pequeña
estuviste perdida por dos horas,
no te encontramos en el parque.
Estabas a orillas del lago, observando los patos,
dándoles pan
que conseguiste no sé dónde".

Sí, abuela, me acuerdo.

"Recuerdo, Gabi, que cuando eras pequeña
estuviste perdida por dos horas,
no te encontramos en el parque.
Estabas a orillas del lago, observando los patos,
dándoles pan
que conseguiste no sé de dónde".

"Cuando eras pequeña...",
y eso es todo lo que queda.
Seguirá
hasta que llegues a casa.
Vacía.

Y, cuando tu abuela muera,
sentirás culpa.
Porque...
bueno, porque estás agradecida.

Porque ahora, al menos,
ya no puede olvidar.

Ahora que lo vuelvo a leer puedo ver por qué a algunos les parecía insensible, pero, en mi defensa, ver a mi abuela olvidarnos y —lo peor de todo— olvidar a su propio hijo fue muy doloroso para todos, incluso para ella. Mi papá empeoró mucho después de su muerte. No lo vimos durante un mes. Fue la época más estresante de mi vida. Temíamos que se hubiera muerto en algún lado, sin identificación, y que la ciudad lo hubiera cremado. Nunca hubiéramos sabido qué le pasó. Me dormía junto a la puerta, esperándolo, como cuando era niña. Cuando apareció finalmente, estaba delgado y le había crecido la barba. No se había bañado y olía mal... Estuve a punto de no dejarlo entrar a casa. Pero lo hice. Las buenas chicas mexicanas nunca desprecian a sus padres, no importa lo terribles que hayan sido. Mi mamá me enseñó eso.

Además, lo quiero.

20 de noviembre

Eric se portó como un idiota hoy. Fuimos al centro comercial con Cindy y Sebastián. Estábamos curioseando en una de las tiendas, y había un tutú de arcoíris. Eric pensó que sería gracioso agarrarlo.

—¡Oye, mira, puedes ponértelo el lunes en la escuela y mostrar un poco de orgullo! —le dijo a Sebastián.

En primer lugar, *¿qué?* Y, en segundo, *qué imbécil.* Lo fulminé con la mirada, y se enojó. Nos peleamos horrible porque se comportó como un estúpido.

—¿Sabes qué? Ya. Voy a llamar a mi mamá para que venga por mí —dijo.

Creo que esperaba escuchar algo parecido a "Ay, no, espérate. Está bien, ¡lo siento!". Pero el idiota se equivocó.

—Genial. Un viaje menos para mí —dije, y me alejé con Cindy y Sebastián.

Se veía molesto. Pero, qué pena, no debió comportarse así. Sebastián intentó actuar como si no tuviera importancia, aunque sé que le dolió. Ha estado muy sensible ante cosas como esas desde que su estúpida tía Agi lo obliga a ir a esas sesiones de rezos para quitarle lo gay. Creo que debería dejar de ir, pero él dice que, si lo hace, no tendría dónde vivir. Su tía lo dejó quedarse en la casa con la condición de que siguiera asistiendo. Ojalá pudiera decirle: "Vente con nosotros. No hay problema". Pero lo cierto es que ni yo quiero estar en mi casa, así que definitivamente no puedo incluir a otros en esta miseria.

24 de noviembre

Es el Día de Acción de Gracias. Las fiestas en casa de los Hernández pueden terminar de dos maneras: según lo planeado o hechas un desastre. El Día de Acción de Gracias del año pasado fuimos a casa del tío Beto, y cenamos lo que había preparado su demente esposa. Me la pasé rezando mientras comía, porque sabía delicioso, pero nos pudo haber envenenado (y posiblemente lo hubiera hecho). Ese es un ejemplo de fiesta que sale según lo planeado.

Las navidades, sin embargo, rara vez salen de acuerdo con el plan. El año pasado pasamos la Navidad en el hospital porque mi papá accidentalmente me aplastó el pie con el auto cuando lo estaba sacando del garaje. ¿Estaba ebrio? Ajá. ¿Le quitamos las llaves? Claro que no, ¿por qué lo haríamos?

Este año parece que va bien. La tía Bertha está preparando jamón y puré de papa, mami está haciendo macarrones con queso y ejotes, y Sebastián (que se quedará a dormir) va a traer tamales que hizo la tía Agi. Nuestra vecina, Rosemary, siempre nos manda dos pais: de manzana y de calabaza. Es una viejita superdulce y una excelente pastelera. Cuando era niña la visitaba todo el tiempo, porque me dejaba ayudarla en la cocina. Todavía paso a verla por lo menos una vez a la semana. Me está enseñando a preparar pais. Es un arte peligroso para esta amante de la comida. Ya hicimos uno de crema de coco y uno de manzana. La próxima semana toca de fresa. *Mmm*, mi favorito. Hasta escribí un haiku para los pais.

Dichosa fresa,
caminaré en la noche
con tu melodía.

Más tarde...

La cena de Acción de Gracias salió como habíamos planeado. Mi papá estuvo coherente, algo inesperado. A la tía Bertha no le importó que estuviera Sebastián (el emisario del anticristo) ni que la abuelita Gloria se tardara como diez horas diciendo una oración (por completo católica). Mami no se enojó, Beto no estuvo molestando, y la cena quedó deliciosa. Sería maravilloso que todas nuestras celebraciones fueran así, mas no tenemos tanta suerte. Yo comí mucho puré de papa y tamales, y ahora siento que me va a estallar el estómago. Es doloroso estar acostada escribiendo. Ay. Pero hoy es uno de esos días en que me tengo que aguantar (y lo hago por mí). Todavía tengo que robarme una rebanada de pai de calabaza con crema batida antes de que mi mamá lo guarde. Me acabo de dar cuenta de que no he hablado con Eric desde el día que lo dejé en el centro comercial. Me pregunto si seguimos siendo novios. Los hombres son tan complicados.

28 de noviembre

Tenía la sensación de que la calma de Acción de Gracias no iba a durar. Tan pronto como llegué a casa hoy, supe que algo andaba mal. Por lo general llevo a Beto a casa, pero hoy lo recogió mi mamá, porque yo tenía que trabajar en un proyecto para mi clase de gobierno. Estamos armando una campaña presidencial y hoy empezamos a trabajar en los guiones para los comerciales. Están comiquísimos. En fin, llegué a casa y ahí estaba Beto, sentado en el porche, molesto. Había un taladro, una sierra, algunos tornillos y tablas de madrera recargadas contra la pared. Eso tenía el sello de mi papá.

Yo: ¿Qué pasó?

Beto: Nada.

Yo: ¿Qué pasó?

Beto: ¿Por qué no me quiere? ¿Por qué no le importa cumplir sus promesas, ni tratarnos mejor, ni mamá, ni tú, ni yo? ¡Le vale madres todo menos drogarse! Es lo único que le interesa, drogarse. ¡Lo odio! ¡Es un maldito imbécil!

Beto ya estaba sollozando, y yo intentaba no hacerlo.

Yo: ¿Qué hizo?

Beto: Dijo que me iba a ayudar a construir una rampa en el patio. Fuimos a la tienda, compramos todo esto y, cuando regresamos, lo llamaron sus estúpidos amigos y me dejó con todo y se fue. Dijo que volvería, ¡pero es otra puta mentira! ¡Se fue hace horas! ¿Por qué no me quiere, Gabi? ¿Por qué?

Beto rompió las tablas con le martillo. Aventó el taladro. Rompió la sierra. No pude detenerlo, y parte de mí no quería, porque Beto necesitaba desahogarse. Cuando acabó, lo abracé. Nos fuimos a sentar a los escalones del porche. Sabía que no tenía nada que ver con la estúpida rampa. Mi papá no cumple sus promesas... nunca. Por lo menos, no las que le hace a la gente que lo ama.

Cuando éramos niños, decía que nos llevaría al boliche

los sábados en la mañana. Beto y yo nos levantábamos temprano, nos arreglábamos y lo despertábamos, como él nos había dicho. Entonces decía: "Otro día. Tengo cosas que hacer hoy". Era cierto, tenía otras cosas que hacer y nos arrastraba con él. Nos hacía esperar en el auto mientras iba por droga. A veces se tardaba hasta dos horas, no importa la época del año... verano, invierno, primavera, otoño. Podíamos estar en el auto a 100 grados, o bajo la lluvia, el granizo o una ventisca, o en un hermoso día en que los demás niños estaban con sus papás en el parque.

Ahora que somos adolescentes, ya no vamos con él. Y sabe que no debe pedírnoslo. A mí, sobre todo. Lo intentó hace unas semanas, me pidió que lo llevara a casa de su amigo Flaco. Le dije ya no era una niña y que, si me amaba, nunca me volviera a pedir algo así. Por su expresión, creo que se sintió mal, pero tuve que hacerlo.

Mi hermanito es diferente. No dice mucho; solo está lleno de ira y de tristeza, y no puede gritarlo, ni comer como hago yo. La mayor parte del tiempo lo disimula bien, pero sé que está ahí, bajo su piel, cocinándose, hirviendo lentamente, y un día va a explotar. Se le va a desbordar, arrasando y quemando todo a su paso. Hoy no fue nada comparado con lo que temo que suceda un día. Cuando mi papá se encuentra aturdido por la droga, siempre le hace saber lo poco que lo aprecia. Mi hermanito siempre llora y pregunta: "¿Por qué no me amas? Y nuestro padre, la bestia, le responde: "Vete con tu madre. Ella sí te querrá".

Ella lo ama, aunque siempre nos esté regañando. Parece que mamá es la única que nos ama.

Mi hermano tiene quince años y sabe muchas cosas. Sabe cómo hacer una pipa con una manzana, y sabe cómo hacer hermosos murales por toda la ciudad. Le gusta pelear y andar en bicicleta y en patineta, pero no le gusta la escuela, porque la institución no comprende a chicos como nosotros. Mi hermano, el mimado, el llorón, el callado, el moreno, el favorito de mamá, ¿a dónde va a ir? Me hago esa pregunta una y mil veces. Y no sé la respuesta. No tengo idea de adónde irá a parar. Ojalá sea un lugar mejor que este.

29 de noviembre

Por fin hablé con Eric hoy. Estaba enojadísimo porque lo abandoné en el centro comercial. Le recordé que había sido él quien había dicho que llamaría a su mamá para que pasara por él, no yo. Me contestó que esperaba que yo lo detuviera. ¿Por qué lo habría hecho? Claro, no dije eso porque solo daría pie a otro pleito. Dijo que no importaba, y que lamentaba haber insultado a Sebastián, que no sabía y bla, bla, bla. Supongo que seguimos saliendo. Pensé que me sentiría bien, pero la verdad es que no. Quizá sea por la situación tan jodida que hay en mi casa, por todo lo que tengo que hacer de la escuela (me falta escribir un ensayo sobre *Un mundo feliz*, terminar de leer y comentar cinco poemas para mi clase de poesía, estudiar para un examen de matemáticas *yyy* acabar de filmar los falsos comerciales para la clase de gobierno) o por el drama en las vidas de Cindy y Sebastián. Es demasiado. Por mucho. A lo mejor le tomo la palabra a Sebastián y me voy a fumar con Pedro y él. No sé. Nunca he hecho nada parecido. Si mi mamá se entera, me va a patear el trasero. Cindy dice que lo haría, pero que las drogas podrían afectar al bebé y provocarle deformaciones. Me hizo pensar qué clase de deformidad nacería de mí si fumara marihuana con ellos.

30 de noviembre

Gracias a Dios que no fui. Esta mañana, después de la tercera clase, cuando Sebastián y Pedro estaban listos para irse, les dije que no podía ir, que tenía un muy mal presentimiento y que si iba, mi mamá me mataría, literalmente. Un drogadicto en la casa es suficiente, gracias. Pedro dijo que la marihuana no crea adicción, pero que si era una gallina, pues ni modo.

—Gallina tú —dije.

Pusieron los ojos en blanco y se fueron.

No los vi después de la escuela, pero Sebastián le mando un mensaje a Cindy y ella me llamó (en serio necesito conseguir dinero para reemplazar mi teléfono) para contarme todo. Resulta que Pedro y Sebastián fueron al Skyline y no más habían prendido un churro cuando *¡llegó la policía!* Sebastián se puso a llorar y a pedirles que no lo arrestaran porque su tía lo echaría a la calle si, *además* de gay, era drogadicto, pues ella no quería eso en su casa y todo lo demás. La policía les preguntó en qué auto andaban (aparentemente, Sebastián estuvo llorando todo el tiempo... definitivamente, no nació para bandido) y, como había causa probable, lo registraron. Resulta que Pedro tenía mucha marihuana. *Mucha*. Suficiente para que lo arrestaran. Sebastián no sabía que su pequeño boliviano de acento sexy vendía marihuana. Al enterarse, se puso todavía más histérico, y a la policía le quedó claro que él no sabía lo que estaba pasando y *¡lo dejaron ir!* ¿Qué! O sea, qué bueno, pero es un pésimo trabajo policiaco. Estoy tan feliz de no haber ido con ellos. Estaría fregada. No podría ver a mis amigos hasta que cumpliera ochenta. Sebastián dijo que aprendió la lección y que nunca más fumaría marihuana en su vida. A menos que la legalizaran.

Más tarde...

La señorita Abernard es la mejor maestra del mundo, de todos los tiempos. Nos pone a leer los textos aprobados por el consejo académico, para no meterse en problemas, pero, como ya nos conoce a algunos porque solía dirigir el club de poesía, nos entregó una lista secreta de lecturas. Es secreta porque la podrían despedir (o algo así). Se la entregó a quienes les tiene confianza: Martín, Lindsay, Harold, Jackie y yo. Esta semana estábamos viendo *spoken word* y dijo que, si íbamos a tocar ese tema, necesitábamos conocer a la generación Beat. Nos hizo leer un poema de Allen Ginsberg, titulado

"Aullido", y meditar sobre él. Me sorprendió que la señorita Abernard confiara tanto en nosotros como para darnos a leer poesía así. Los primeros versos dicen, "Vi las mejores mentes de mi generación destruidas por la locura, hambrientas histéricas desnudas, / arrastrándose por las calles de los negros al amanecer en busca de un colérico pinchazo". Esa es la magia de la poesía: un poeta judío y homosexual escribió sobre la gente que se perdía en las drogas a su alrededor, y yo, una chica mexicoamericana heterosexual, sé cómo se sentía porque veo el mismo desperdicio del que él fue testigo hace más de cincuenta años. Ginsberg habla de mi papá en esos versos. No lo sabía en ese entonces, pero así es.

Ese poema me inspiró, al igual que la poeta de *spoken word* que invitó la señorita Abernard a nuestra clase hoy. Se llama Poppy, y su poesía trata sobre ser negra e intentar encontrarse, perder peso y ser mujer... ¡Es genial! Dijo que la poesía de *spoken word* es distinta porque está escrita para ser leída en voz alta, como una interpretación. También invitó a la clase a participar en una sesión de micrófono abierto en una cafetería llamada The Grind Effect, del otro lado de Santa María. He pasado por ese lugar una o dos veces, de camino al centro comercial, pero nunca he entrado. La plática de Poppy me hizo querer intentar escribir un poema de *spoken word* sobre mi papá. No sé por qué, pero me parece el medio perfecto para hablar de él. Empecé a escribir hace como dos horas y creo que ya casi lo termino. Lo dejaré para mañana porque estoy muy cansada.

1 de diciembre

No dormí anoche terminando mi poema, y como tenía que terminar mi poema, no acabé mi tarea de matemáticas. ¡Ah! Lo único que me puede impedir entrar a la universidad es Álgebra II. Tengo que pasar la materia, o no me aceptará ninguna escuela. Necesito enfocarme. Hoy, Jessica Smalls, Javier Rubio y yo presentamos nuestra campaña comercial en la clase de gobierno, y todos dicen que fue muy graciosa. La filmamos en un parque, y hasta hicimos algunos efectos especiales baratos. En una escena, vestimos a Javier de bebé y Jessica le dio un beso. Hasta el señor Reyes se rio. Espero que nos dé A. En el almuerzo vi a Eric (en serio, en serio me está empezando a molestar) y estuvimos juntos un rato. Siento que no tenemos mucho de qué hablar. Parece que todo lo que hacemos es besarnos. Y, aunque me agrada, me encantaría tener a alguien con quien poder hablar de poesía, de mis amigos y de mi familia. Todavía no siento que pueda contarle de mi situación familiar, y odia la poesía. No somos la pareja perfecta, pero siento algo por él y quiero intentarlo, a ver si funciona. Encima de todo, Beto nos vio besándonos en el gimnasio, camino a la clase de educación física.

"Zapatos nuevos", fue todo lo que dijo.

Carajo, pensé. Ahí va el dinero que había ahorrado para mi celular, limpiando la casa de Rosemary. Ahora tengo que llevarlo al centro comercial después de la escuela para comprarle los zapatos y que no le diga a mi mamá.

Más tarde...

Justo cuando pensé que las cosas no podían empeorar... Fui al centro comercial con Beto. Por la vitrina de la zapatería veía a la gente. Algunas parejas pasaban tomadas de la mano por el puente del segundo piso, que conecta la tienda Vans con la zona de comida rápida. Vi helados gotear sobre la alfombra azul, cerca de la tienda de pretzels, y unas rodilleras azules que me eran familiares. Eric. No le había dicho que iría al centro comercial hoy, qué afortunada coincidencia. Salí de la tienda para saludarlo e inmediatamente me detuve cuando vi a Sandra. Se estaban besando. Sus helados estaban goteando, ensuciando todo el piso. Mi hermano ve lo que yo estoy viendo y devuelve los zapatos a su lugar.

—No los quería de todas maneras.

Nos fuimos a casa en silencio. Yo intenté no llorar. Logré aguantar hasta que llegué a mi cuarto y cerré la puerta. Saqué unos Kit-Kats de mi cajón de ropa interior y mastiqué mi dolor.

ERIC, EL ROMPECORAZONES

Eric, quien dijo que me amaba.
Eric, quien dijo para siempre.
Eric, quien me dio mi primer beso.
Eric, quien me regalaba la salchicha italiana de su pizza porque es mi favorita.
Eric, quien nunca me llamó gorda.

Eric, quien me llevó a su casa a conocer a su abuelita.

Eric, quien nunca miente,

me mintió.

Se llevó mi corazón
para reírse de él.
Lo dejó friéndose
como una milanesa,
se hizo una torta con él
y se lo comió.

Sin remordimientos.
Ninguno.

Es un maldito caníbal.

Ahora sé por qué Sylvia Plath tenía tanto de qué escribir. Escribir cuando estás triste es mucho más fácil. Y te hace sentir un poco mejor.

2 de diciembre

Es bueno tener un hermano que me cuide, dispuesto a hacer cosas ilegales para vengar el honor de su hermana. Esta mañana, en el estacionamiento de la escuela, el reluciente auto

de Eric tenía abolladuras en la tapa del motor, de color amarillo brillante, y en las puertas del lado del pasajero decía
"IMBÉCIL", arañado sobre la pintura. Supongo que mi hermano pasó de los murales a las esculturas de metal. Le conté
a Cindy lo que pasó ayer y no podía creerlo.

Cindy: ¡Pero él era tan bueno! Con excepción de ese día en
el centro comercial.

Yo: Sí. Bueno, supongo que Sandra también cree que es
bueno.

Cindy: No puedo creer que ella haya caído tan bajo. Todos
éramos amigos. Por lo menos durante un tiempo. Los novios
de las amigas se respetan. Eso es muy mala onda de su parte.
Esperaría algo así de Georgina, pero no de Sandra.

Yo: En realidad, creo que la payasita no haría eso. Es una
chismosa y una perra la mayor parte del tiempo, pero no luce
capaz de hacer algo así.

Seguimos hablando del asunto, dando vueltas sobre lo
mismo, pero no me importó. No quería reconocer ante Cindy
que mi corazón estaba roto, pero no tanto como pensé, porque me gusta Martín. Eso me hace sentir mal, como si mi
deber fuera tirarme en la cama afligida y comerme un pote
entero de Chunky Monkey. Pero ya lo hice anoche. Además,
una noche es más que suficiente para llorar por un tipo que
creo que me gusta, aunque no estoy tan segura. Necesito ordenar mis sentimientos.

Vi a Eric en el almuerzo y no habíamos tenido la oportunidad de hablar. No le había dicho que lo vi con Sandra. Estaba

enojadísimo por lo de su auto. No lo culpo. O sea, lo acababa de comprar. A lo mejor Beto no debió hacer eso. Eric seguía y seguía. Yo solo asentía con un "Oh, qué mal" y "Mmm". Finalmente me preguntó qué me pasaba. No dije nada, pero él sabía que algo andaba mal.

Yo: No pasa nada.

Eric: Obviamente, sí, o te preocuparía más lo de mi auto.

Yo: Bueno, sí. Hay algo. Ya no me gustas y no quiero ser tu novia.

Eric: ¿Qué?

Yo: Sí. Ya no me gustas. Toma el horrendo collar que me regalaste.

Eric: ¿Qué? ¿Por qué?

Parecía a punto de llorar y me sentí bien por ello. Mi mamá tiene razón: soy mala.

Yo: Se acabó.

Me levanté y empecé a caminar. Y, como veo muchas telenovelas, añadí de la forma más dramática posible... Por cierto, te vi en el centro comercial ayer. Manchaste toda la alfombra con tu helado.

Él, por supuesto, no pudo decir nada.

5 de diciembre

Lo más raro que pasó después de terminar con Eric fue que Joshua Moore se me acercó y me preguntó si quería ver una

película el viernes. ¡Joshua Moore *me* invitó al cine! *¡A mí!*
Sería idiota si dijera que no. ¡Me ha gustado desde siempre!
Bueno, está bien, me dejó de gustar hace tiempo, ¡pero sigue
siendo *supersexy*! Les conté a Cindy y a Sebastián, y dijeron
que era una estupidez salir con él. Preguntaron si ya se me
había olvidado que salió con Sandra. Claro que no. Pero sí,
cuando me invitó estaba tan hipnotizada por su belleza que sí
se me olvidó. Por supuesto, no podía admitir eso, a menos que
hubiera querido recibir toda una cátedra sobre la belleza interior y exterior. Le pedí permiso a mi mamá para salir el viernes y me dijo que le preguntara a mi papá. (¿A mi papá? ¿En
serio, mamá?). Finalmente, la convencí de que me dejara ir.
   Mi mamá no es la misma desde que está embarazada. Se ve
cansada. Tiene náuseas en la mañana, un tipo de diabetes y
pierde peso en lugar de ganar. La tía Bertha está más amable
e intenta ayudarla, pero a veces se pasa. Por ejemplo, quiere
que recemos con ella ahora que mi mamá está embarazada y
mi papá es, bueno, mi papá. Pero no quiere que le recemos a
la Virgen ni a los santos, ni a nada católico. No somos la clase
de católicos que va a confesarse todos los viernes y a misa los
domingos. Más bien, somos los de "hay un bautizo el sábado
y tu abuela se va a enojar si no vamos, así que más vale que
estemos ahí si queremos ahorrarnos el sermón de cómo mi
madre nos está llevando directo al infierno".
   Mi abuelito solía decir que mi hermano y yo vivimos como
los animalitos, porque no habíamos hecho la primera comunión y mis papás vivían en pecado, sin haberse casado, al

menos por la iglesia. Mi mamá quería sacarme de ese estado animal y complacer a mi abuelo, aunque estuviera muerto.

El segundo paso para que yo me transformara de animal a humano fue llevarme al grupo juvenil de la iglesia (al que dejé de asistir y deseo olvidar, porque todo lo que hizo fue llenarme de dudas y culpas). El primer paso había sido mi primera comunión, unos años atrás, pero no creo que mi mamá esté tan comprometida. Mi tía es otra cosa. Creo que se conformaría con que le hiciéramos coro en sus "¡Aleluya!" y "¡Amén!", que se escuchan por toda la calle. No va a suceder. Encontramos un punto medio y acordamos rezar en habitaciones separadas para que nuestras religiones no choquen.

7 de diciembre

¡No puedo esperar a que llegue el viernes para salir con Josh! ¡Va a ser genial! Me compré ropa nueva para la ocasión, una falda roja muy linda. Es un poco más corta de lo que suelo usar, pero Cindy dijo que se me veía muy bien y me amenazó con que, si no me la compraba, le diría a mi mamá de mi despensa bajo el último cajón de la cómoda. La compré. También me llevé una blusa negra, mallas negras y unos mocasines muy bonitos. ¡No puedo esperar! Aunque fue de compras conmigo, Cindy insiste en que esta cita no es una buena idea, y yo le recuerdo que su historial tampoco es muy bueno. No le hizo mucha gracia mi comentario.

Los chicos de preparatoria son *jóvenes, tontos y están llenos de semen.* Eso dicen, creo. La preparatoria Santa María no es la excepción. Tenemos toda clase de chicos: el Bueno, el Malo, el Dulce y el Patán. Me encantan todos... bueno, unos más que otros. Estoy... estamos (Cindy y yo) locas por los chicos. Supongo que Cindy ya no puede, y eso hace de mí la única loca. No me da vergüenza. Bueno, un poco, porque las chicas no deberíamos estar locas por los chicos, ¿cierto? Es lo que siempre dice mi mamá. Insiste en que no debemos ser fáciles, zorras, putas, ofrecidas, y que ser así es lo que metió en problemas a Cindy. Entonces, a menos de que yo quiera seguir sus pasos, debería pensar dos veces antes de salir con Josh. Dice que es consciente de que soy joven y probablemente estoy confundida, pero no puedo brincar de un chico a otro.

—Ay, ¿te crees gringa? Nosotros no hacemos las cosas así.

Mi mamá es todo un rollo. Su amiga Amelia se divorció hace tres meses de un hombre con el que estuvo casada veinticinco años, y se va a casar con otro —que resulta tener veintitrés años— la próxima semana. Amelia, le recordé a mi madre, es tan mexicana como todos, a menos que Oaxaca sea parte de Estados Unidos. Para ella, eso es diferente, y yo no sé de lo que estoy hablando. Es su típica respuesta cada vez que tengo razón sobre algo que no le parece: "No sabes de lo que hablas porque eres muy joven". Claro, mamá. Además, como le dije, no estoy pasando de un chico a otro. Y es cierto. No soy la novia de Josh, y ya no soy la novia de Eric, así que soy libre como el viento. Su respuesta fue que las mujeres nunca son libres, que siempre se tienen que portar bien. Portarse bien. Asco. Dijo que no me iba a prohibir salir con Josh, pero que ya me arrepentiría.

—Vas a ver que tengo razón.

Espero que no. No creo que la tenga. ¿Qué puede pasar que sea tan malo?

8 de diciembre

Nunca sabré cuál era el problema de salir con el increíblemente comestible Joshua Moore porque el asno me canceló. Dijo algo sobre empezar a trabajar el viernes, que lo sentía mucho, que iba a hacer algo para compensarlo y bla, bla, bla. Mi mamá no dijo nada acerca de que Josh me plantara, aunque pudo hacerlo. Pudo haber dicho algo cuando me vio caminar de un lado a otro como hiena desesperada, esperando por las sobras de Sandra. Bueno, no diría eso, porque no son palabras que mi madre usaría, pero es lo que siento. ¿Qué me hizo pensar que Joshua Moore saldría conmigo, una gordita? Había imaginado que nuestra noche sería algo así: Yo llevaría puesto mi atuendo nuevo, la falda roja y la blusa negra. Él pasaría por mí con una caja de Scotchmallows de See's Candies. Solo Scotchmallows, nada de esas cochinadas de trufas de chocolate. También traería tulipanes. Hermosos tulipanes rosados. Nos subiríamos a su camioneta Toyota e iríamos a la nueva exhibición de Frida Kahlo en el Museo de

Arte de Santa María, donde caminaríamos juntos, conversando sobre cada pieza y contemplando el dolor que sufrió la pobre mujer, expuesto en cada pincelada. Luego me llevaría, antes de cenar, a comer postre a ese lugar donde venden magdalenas, cerca del museo, Cassidy's Cupcakery (donde me comí esa famosa magdalena de coco sin azúcar que me dio diarrea cuando estuve haciendo una de mis muchas dietas, aunque no le contaría esa parte en caso para que no le dé asco al pobre y, por supuesto, pediría otra cosa). Más tarde iríamos a Pizza Shoppe para comer tres porciones de pizza de salchicha italiana (cada uno). Cuando me dejara en casa, me daría un suave beso en los labios, mirándome con ternura a los ojos. Diría que me había estado esperando durante muchos años, pero se sentía tan intimidado por mi genialidad que no se atrevía a acercarse.

Sin embargo... ese escenario no se encontraba en mi destino. Me quedé en casa, trabajando en mi poema de *spoken word* sobre mi papá, y engullendo cantidades abundantes de mi remedio cremoso para la decepción: helado Chunky Monkey.

9 de diciembre

Mi decepción no duró mucho. En nuestra clase de poesía, hoy en la mañana, Martín me preguntó si quería que trabajáramos juntos en nuestros poemas. Yo me quedé con cara de

"¿Qué?". Me contó que estaba trabajando en unos poemas, no relacionados con las tareas de la señorita Abernard, y que le gustaría que lo ayudara. Me sorprendió un poco, porque Martín es un genio de la poesía. ¿Por qué me lo pediría a mí? Pero le dije que sí, que estaría padre, en un tono desinteresado. ¿Qué más podía hacer? Emocionarme y reír, y decir con deleite (mmm, me pregunto si estaré usando la palabra correctamente. Por lo general, solo la utilizo para hablar de comida): "¡Oh, por Dios, Martín! Por favor ven. Me encantas secretamente y no puedo decirle a nadie, ni siquiera a Cindy y a Sebastián. ¡Que vengas a mi casa sería una fantasía hecha realidad!". No, creo que es una mala idea. En cambio, le dije algo parecido a: "¡Oh, por Dios, Martín! Sería padre escribir poesía con alguien más. ¡Y tengo una carne seca deliciosa que podemos comer de merienda!". Ahora que lo pienso, suena bastante extraño y siniestro. ¿Quién se emociona por comer carne seca, da igual lo buena que sea? Yo. Solo yo. Ni modo. Es la vida del poeta adolescente incomprendido.

Quizá a Martín no le pareció tan mal, porque dijo que sonaba genial. Además, la señorita Abernard había estado explicando que hay grupos de gente que se reúne para trabajar en su poesía, y que deberíamos considerar organizar un grupo así, o unirnos a alguno. Ojalá crea que me emocioné por eso.

Quienes no se emocionaron tanto por mi pseudocita fueron Sebastián y Cindy. Tuve que perderme las enchiladas verdes de la mamá de Cindy. Su mamá prepara las mejores enchiladas del mundo. Aparentemente, Cindy tenía ganas de enchiladas y, ya que su mamá se está acostumbrando por fin al hecho de que su hija está embarazada (además de sentirse un poco emocionada por ser abuela), cumple todos los antojos de Cindy. A veces me gustaría estar embarazada solo para tener el pretexto de "Estoy comiendo por dos". Aunque sé que es una tontería y que Cindy se va a arrepentir de todas las tortas de carne asada que se ha comido. Su mamá todavía se siente decepcionada, por supuesto, sigue haciendo comentarios inapropiados e hirientes, y aún dice que le tomará mucho tiempo perdonarle lo que le hizo. Sin embargo, ha sido un amor. Cuando les dije a Cindy y a Sebastián que no iría con ellos porque había quedado en trabajar con Martín en algunos poemas, se sorprendieron.

Intenté que sonara como si le estuviera haciendo un gran favor a Martín, pero secretamente no podía esperar a tenerlo en mis garras.

—Sí, vamos a revisar unos poemas. Ha estado teniendo problemas con uno, y le dije que con gusto lo ayudaría. Además, estoy escribiendo un poema sobre mi papá y él dijo que a lo mejor podía ayudarme también.

—¿Es en serio? —contestó Sebastián—. ¿Nos vas a mandar a volar para irte a leer estúpidos poemas con Martín?

Me sentí un poco herida. Intenté no demostrarlo, pero creo que se dio cuenta de que sus palabras me calaron un poco. No hondo, como un machete, sino molesto, como el rasguño de una hoja de papel.

—Perdón, Gabi. Es que nunca has rechazado las enchiladas de la mamá de Cindy. Es raro, nada más. Supongo que, si quieres ver a Martín en lugar de a nosotros, está bien, pero…

Decir "Si eso es lo que quieres" es lo mismo que decir "No deberías querer hacerlo y, si quieres, eres una traidora, así que mejor cambia de opinión ahora". Pero no cedí, aunque intenté hacerlo parecer como una decisión muy difícil.

—Lo siento, amigos, ya le dije que sí y sería muy grosero cancelar. No quiero que piense que no soy de fiar.

He estado practicando cumplir mi palabra. De cualquier manera, Martín va a llegar como en una hora.

10 de diciembre

¡Ayer fue la mejor cita del mundo! Está bien, no fue una cita romántica, pero fue una cita genial. Martín llegó como a las 6:00 p.m. Por algún motivo, no me importó que me visitara en mi casa. Probablemente porque mi papá lleva una semana fuera y no parece que vaya a volver pronto. Lo vi en el parque el otro día, y sé que me vio, pero me dio la espalda y se alejó con sus amigos indigentes. Mi mamá iba a estar trabajando doble turno en el hospital, pero dijo que Martín podía venir, ya que mi tía Bertha sigue con nosotros y estaba claro que ella no iba a permitir que hiciéramos travesuras. Beto me empezó a molestar, porque sabe que me gusta Martín.

—¿Quién va a venir? —preguntó cuando me vio sacar mi provisión de carne seca buena y un par de sodas.

—Martín.

—¿Quién?

—Martín. Es un tipo de mi clase de poesía y quiere que veamos unos poemas juntos.

—Ah. Qué lindo. Dos nerds compartiendo poesía. ¡Ja, ja, ja, ja!

—¡Cállate! ¡No va por ahí!

—¿En serio? ¿Entonces por qué sacas tu famosa carne "buena" que no compartes con nadie?

—Olvídalo.

Me fui hacia mi cuarto.

—¡Eso pensé! —lo escuché decir cuando cerraba la puerta. Todo estaba listo cuando llegó Martín: la carne seca, las sodas, mi corazón, mis esperanzas y mis expectativas. La tía Bertha le abrió la puerta y dijo que podíamos trabajar en mi cuarto, siempre y cuando no cerráramos la puerta. No nos dejó estar en la sala porque iba a ver las noticias y luego las telenovelas. No me agradan tanto las novelas (está bien, en secreto me encantan) porque están llenas de dramas exagerados y sobreactuados. Si en la vida real alguien se comportara como en una telenovela mexicana, todos pensaríamos que está loco. Fuimos a mi recámara (¡por fortuna mi mamá me obligó a limpiar!) y nos sentamos en el piso.

Martín: Tu cuarto está padre. ¿Por qué tienes tantas fotos de Zac Efron en la pared?

Yo (sonrojándome de pies a cabeza): Bueno, son pósteres

viejos y ya tienen un rato ahí. Me gustaba un poco cuando tenía quince.

Martín: Ah. Está bien, yo solía tener fotos de Eva Mendes en mi pared.

Yo: ¡Ja!

Martín: Y ¿mandaste tus solicitudes para la universidad?

Yo: Ajá. Envié un montón. Ojalá me acepten por lo menos en una.

Martín: Yo también. Me muero de ganas de ir a la universidad. O sea, me encanta la prepa, ver a mis amigos todos los días, que la tarea sea fácil, pero tiene que haber algo más.

Yo: Sé a qué te refieres. Ya me quiero ir de este pueblito. El año pasado visitamos una universidad en San Diego ¡y me encantó! Fue genial, pero mi sueño es ir a Berkeley.

Martín: ¡Eh, yo también fui a esa excursión! No sabía que estabas ahí. ¿Te imaginas escoger tus propias clases? Ser capaz de tomar solo las que te interesan de verdad, no cálculo avanzado ni anatomía fisiológica.

Yo me quedé callada porque no tomaba ninguna de las dos y me sentía un poco tonta.

Yo: Sí, lo sé. (Me metí a la boca un pedazo de carne). ¿Quieres?

Martín: Oye, no está mal. Me sonó raro cuando lo mencionaste, pero sabe bien.

Yo: Como debe ser. Me la traen en avión desde México.

Está bien, sé que sonó un poquito presumido, pero es

cierto. Mi tía que vive en México la manda por correo, y el correo viene en avión. Ipso facto, me la traen en avión desde México.

Se veía impresionado, y yo un poco más avergonzada al darme cuenta de pronto que mi hermano tenía razón: tengo una obsesión antinatural con la carne seca. Ay, Gabi, qué gran partido eres. *Caramba.*

Yo: En fin. Deberíamos empezar a ver los poemas. Ya casi termino el de mi papá. Solo me falta el título y arreglar algunos versos de la última estrofa.

Martín: Está bien. ¿Por qué no los intercambiamos, como en clase?

Así lo hicimos. El poema de Martín era bueno, aunque tenía mejores. Creo que mi poema es mejor, pero obviamente no le dije. Sus versos eran bastante tristes, porque resulta que su mamá murió cuando él tenía once, y el poema trataba sobre todas las cosas que recordaba de ella: su voz, su aroma, lo que usaba, etc. No era su mejor poema porque algunas de las palabras que utilizaba eran un cliché: corazón, alma, amor, cascada. Son palabras que se utilizan demasiado en los poemas, y la señorita Abernard nos había advertido que limitáramos su uso. Cosa curiosa, el poema que yo estaba haciendo era sobre cómo mi papá estaba muriendo por su drogadicción, pero no me dio pena compartirlo con Martín. Dijo que era un poema "increíble" y que definitivamente tenía que leerlo en The Grind Effect. Le dije que fuéramos juntos y leyera "La Llorona". Propuso que lo hiciéramos después de las vacaciones de Navidad, y admití que sería divertido. Su respuesta fue:

—Genial, es una cita —con una gran sonrisa.

Y ahí casi me pongo loca. *¡Una cita! ¡Una cita!* Acababa de acordar una cita con Martín Espada, mi amor secreto. Terminamos de revisar nuestros poemas alrededor de las 10:00 p.m. Como la tía Bertha seguía viendo sus novelas, no se dio cuenta ni le importó. Y sí adelantamos. ¿Quién hubiera pensado que escribir un poema implicaría tanto trabajo? ¿O que iba a utilizar un diccionario de sinónimos para algo que no fueran las fichas de vocabulario, es decir, para algo en verdad útil? Así fue. Valió la pena, y quedé feliz con el producto terminado. Martín incluso me ayudó con el título.

ESCRIBO A LA LUZ DEL TEMOR POR LA MUERTE DE MI PADRE

Una ocurrencia
ocupa un espacio
entre pensamientos
yace postrada profesando algo
extraños balbuceos balbucean por lo bajo
en un páramo
de espera
jugueteando con los dedos
para un lado y para el otro
y marcando el ritmo
tacatá tacatá tacatá

esperando su colapso.
¿Insensible?
Tal vez.

Pero ustedes no conocen a mi papá.

Antagoniza con la vida
respirar es una angustia
escupe en el rostro de Dios
y espera una reacción.
Rechazo
ni siquiera Dios responde
a su llamado.

Es un acto de fe
el que lo mantiene vivo
el que pone un lugar
en la mesa
pero
¿y si la fe lo olvida?
¿Y entonces qué, viejo?
¿Nosotros dónde quedamos?

Lo escribo errática
la creación desentraña fantasmas
media legua media legua

y hacia adelante nos arrastramos
él atrapa mi mano y fuerza
el golpe
las teclas se mueven
la pluma silba sobre la página.
Pero él
no lo sabe.

Considerar consideraciones de las cosas
y los espacios
y los rastros del hombre
la masculinidad y los machos
de primaveras e inviernos
desperdiciados esperando
y nada de nuevo.
De nuevo suena anticipado.

Pero ustedes no conocen a mi papá.

Es adicto a las pastillas
un alcohólico
el papi papi
que va a la deriva pasando de
gracioso a malo
y de nuevo
va de nuevo.

La culpa de su glotón
consumo
lo acorrala
en los rincones.
Evade las preguntas
y esquiva el desacuerdo
un refugiado en el refugio
una reducción de
mi padre, el valiente.

No quiero
escribir esto
ni decir que es verdad.

Pero ustedes no conocen a mi papá.

Un hombre así
construye el tiempo
para esperar
y espera
una mirada diluida
volátil
viciosa
vehemente en su victoria sobre existir o permitir que exista.

No es suficiente
inhalar

su propio aliento
se robará el tuyo
lo he visto
nomás pregúntenle a mi madre.

Un molde
de hierro o madera
astillándose
quebrándose
rompiéndose
endeble
endeble por completo.

Sus palabras, una oleada de
fuego
carne encendida
que gotea
como
Pollack
en contra siempre en contra
de algo.
Un lienzo
de pino
de cedro
de cerezo o arce
materia prima que sus manos
han modelado

clavado
construido
creado
borrado
erradicado.

Es un hombre hermoso
lo digo claramente.
Pero qué más puedo decir,
soy su hija.

Golpean los pensamientos alterados
y la incesante duda sobre el futuro
del adicto.

¿Honra a tu padre?

Pero ustedes no conocen a mi papá.

La adicción permite
nuestra llegada
aquí
a este
espacio.

Esta burla justificada
era justo lo que

yo necesitaba para justificar el juicio
para lanzar la piedra
mi dedo señala
y apunta
al vientre.

Es un maldito caos.

Pero ustedes no conocen a mi papá.

25 de diciembre

La Navidad transcurrió sorprendentemente bien. Cada año temo que pase algo malo, como que mi papá me aplaste el pie con el auto o vomite encima de los regalos (otra vez), o que la familia se arregle para salir a algún lado y ya en la puerta mi papá decida que no vamos porque no tiene ganas. O que lleguemos a nuestro destino y mi papá diga, "Los espero en el carro", que en realidad significa "Los espero en el carro hasta que entren y luego me voy a drogar". Pero esta vez, este año todo salió perfecto.

Mi papá ni siquiera se drogó. Fuimos a casa de mi tío Humberto. Es muy divertido estar con él, menos cuando se emborracha y quiere bailar conmigo. Odio que pase eso, porque mi mamá me obliga a bailar con él.

—No seas así, es tu tío. Párate y baila con él.

Para ella es fácil decirlo porque no tiene que aguantar su aliento ni su horrenda manera de bailar (como si matara cucarachas a pisotones). Y con el tío Humberto no se trata de una canción. Ah, no. Él tiene que bailar por lo menos cuatro o cinco, y con una cerveza en la mano.

Pero el tío no se emborrachó esta Navidad. Creo que es por su nueva esposa, que no tolera esa clase de tonterías, a diferencia de su esposa anterior. O quizá sea que es realmente feliz. En cualquier caso, la Navidad fue genial. Comimos muchos tamales, buñuelos y mi bebida favorita de la temporada: ponche. Ojalá hubiera ponche todo el año. Me encanta cómo llena la casa el aroma dulce de las guayabas, las manzanas, los tejocotes, la canela y la caña de azúcar. Creo que tomé cinco tazas llenas. Nada más escribirlo hace que se me antoje más. Quizá si se lo pido a mi mamá de muy buena manera, prepare un poco.

Mmm... ponche.

Arrullamos al Niño Dios a la medianoche (era su cumpleaños... claro, no solo se trata de los tamales y el ponche), rezamos un poco y luego abrimos los regalos. Mi tía Lourdes me regaló perfumes, mi tío me dio una de esas pelotas grandes que usan las mujeres para hacer abdominales (gracias por la indirecta), mis papás me dieron ropa que yo escogí y envolví, Beto me hizo un dibujo muy padre y mi prima Lourdes me dio una caja de chocolates (me conoce tan bien). Los chocolates ni siquiera llegaron a la casa. Me encanta Lourdes, ojalá pudiéramos vernos más seguido, pero desde que se fue con su novio a Texas solo nos vemos en las fiestas.

Sobrevivimos la Navidad y la disfrutamos, algo muy esporádico en la casa de los Hernández. Pero lo agradezco. Lo siguiente: Año Nuevo. Cruzo los dedos porque estará la tía Bertha. No fue a casa del tío Humberto porque no cree en nuestras tradiciones pecaminosas, y se fue a celebrar el nacimiento de Jesús con la gente de su pequeño culto, digo, iglesia. Probablemente sacrificaron una cabra y bebieron su sangre. ¡Ja!

26 de diciembre

No puedo creer lo que pasó hoy. Cindy y Sebastián vinieron a mi casa para intercambiar regalos (no nos podemos ver en Navidad, y tenemos que esperar al 26, porque todas nuestras familias celebran la Navidad solo con la familia). Cuando estábamos comiendo nuestro tercer buñuelo, mi mamá dijo:

—Gabi, te llegó algo por correo.

Extraño, porque nunca recibo nada por correo. Fui a ver de qué estaba hablando.

Era una caja de cartón de tamaño mediano. Cuando la abrí, había otra caja adentro, rompí la envoltura y descubrí una caja de regalo roja con una tarjeta. Tuve una sensación extraña en el estómago, y no tenía nada que ver con los buñuelos.

—¿De quién es?

Mi mamá, Sebastián y Cindy estaban ansiosos por saber.

Yo también. Tenía cierta idea de quién podía ser, y quería abrirlo en privado para reaccionar libremente sin sentirme apenada ni que me acosaran con preguntas como: "¿Por qué no nos dijiste?". Abrí la tarjeta y me di cuenta de que no estaba firmada. Había una imagen de un Santa Claus alegre en la portada, cargando un saco de juguetes. Adentro decía: "Jo, jo, jo. ¡Feliz Navidad y Próspero Año Nuevo!". Muy genérico.

—No está firmada —dije, un poco decepcionada—. No sé de quién es.

—Patético —dijo Sebastián.

—¡Abre la caja! ¡Abre la caja! —insistieron mis compinches, ansiosos.

Abrí la caja y encontré una colección muy extraña de cosas. Ninguna parecía empatar con la otra, pero me hizo sonreír. Había una carne seca con sabor a limón, Scotchmallows, una playera morada con un estampado del rostro de Edgar Allan Poe al frente y la palabra "Poeta" abajo (se veía artesanal), un cuaderno Moleskine, plumas de gel muy bonitas y un libro de poemas de Pablo Neruda. No podía dejar de sonreír. ¡Todavía no puedo! Los chismosos que me vieron abrir el regalo se quedaron un poco impactados.

—¡Oh, por Dios! ¡Tienes un admirador secreto! —Sebastián estaba realmente emocionado con la idea.

—Un admirador secreto que te conoce demasiado bien. Me

suena más a un acosador. —Beto había estado observando la escena y tenía que arruinar el momento perfecto con sus comentarios cínicos—. ¿Cómo sabe que estás obsesionada con la carne seca? ¿Y con chocolates asquerosos? Creo que deberías revisar los arbustos de afuera y asegurarte de que no haya nadie con binoculares, o metido en tu clóset, esperándote.

—Gracias, Beto. Como siempre eres un rayito de luz.

—¡Ay, mijo! Obviamente hay un chico al que le gusta tu hermana y sabe qué le gusta. Ahora imagínate si bajara un poquito de peso y se cuidara más, ¡la cantidad de chicos que andarían atrás de ella!

Gracias, mamá, qué manera de arruinar el momento. Me llevé las cosas a mi cuarto y Cindy, Sebastián y yo terminamos de abrir nuestros regalos. Cindy me dio una caja de Scotchmallows y un par de aretes con búhos blancos y azules.

—De haber sabido que tu novio secreto te iba a dar chocolates, hubiera comprado otra cosa.

—Nunca tengo suficientes chocolates, ¡y amo mis aretes! Son el complemento perfecto para mi colección —le dije a Cindy.

Sebastián nos regaló lo mismo a las dos: una foto enmarcada de los tres en mi casa. La tomamos al día siguiente de enviar las solicitudes para la universidad, por lo que nos vemos felices y aliviados al mismo tiempo. En la foto se ve que Cindy está embarazada.

—Quería que los tres tuviéramos una. Así, no importa a dónde vayamos, estaremos juntos y no olvidaremos de dónde venimos ni por lo que hemos pasado. Y yo sé que a Cindy no le gustan las fotos donde se le ve la panza, pero ¿sabes qué? ¡A quién le importa! Todos saben que estás embarazada y es una parte de tu vida y de la nuestra. ¡Ya no quiero que nos sintamos avergonzados (en este punto estábamos llorando) por un embarazo o por ser gais o por ser pobres o por tener un papá adicto! Quiero que estemos orgullosos de nosotros mismos. Tomamos esta foto después de enviar nuestros papeles para la universidad... ¿Cuántos pueden decir lo mismo, y sin estar embarazados, sin ser gais y teniendo mucho dinero? Sí, bueno, igual y los ricos sí pueden, pero ¿quiénes de ellos lo logran por ellos mismos? No muchos. Entonces, tenemos que estar orgullosos y recodar quiénes somos y quiénes fuimos cuando ya estemos en la universidad.

—Ay, Dios, Sebastián, ¡eres tan cursi! ¡Te adoro!

Los tres nos abrazamos como uno de esos patéticos grupos de chicos en cualquier estúpida película edificante. Pero estuvo bien, porque todos nos sentíamos felices y creo que necesitábamos un abrazo.

Cuando se fueron, abrí la tarjeta otra vez y miré detrás. En tinta azul, Martín había escrito un haiku:

Gabi, ojos de mar,
sirena que me llama
a lo profundo.

31 de diciembre

Año Nuevo. Mi papá no está. La bestia lo tiene, estoy segura. Caí de las nubes de Martín a la realidad de Gabi. Supongo que tener dos celebraciones felices seguidas, además de recibir un regalo de Navidad increíble del chico que me gusta, era demasiado. Y no se puede tener mucho de lo bueno, ¿verdad?

2 de enero

Recogimos a mi papá en el hospital. Alguien lo encontró en el baño del parque. Gracias a Dios que hay buenos samaritanos, no importa si le roban la cartera.

10 de enero

Hoy volvimos a clases. No sabía cómo actuar delante de Martín por varias razones.

Una: Estaba 99.999999999999% segura de que fue él quien envió el paquete. *Pero...* ¿y si fue un acosador pervertido que busca a una adolescente mexicana y gorda a la que le guste escribir, y que dio conmigo y ahora se esconde en los arbustos, y uno de estos días me va a secuestrar para meterme en uno de esos hoyos donde tiene a más chicas parecidas a mí, llorando y esperando su muerte con la misma playera de

Edgar Allan Poe que él hizo? Le conté esta opción a Cindy y dijo que necesitaba dejar de ver tanto *Mentes criminales* y enfocarme en descubrir quién envió el paquete.

Dos: Hoy me puse la playera de Edgar Allan Poe esperando que Martín dijera algo como: "¡Recibiste mi regalo! Qué bueno que te gustó. ¿Quieres ser mi novia? Podríamos ir por tortas". Y yo diría: "¡Me encantó el regalo! ¡Sí, seré tu novia! ¡Y conozco una tortería sensacional!". Esa idea no la compartí con nadie.

Pero, cuando me vio, todo lo que dijo fue "Buena playera", y luego me preguntó si todavía quería ir al café. Le dije que sí.

—Genial. ¿Quieres ir el viernes con Lindsay y conmigo? —contestó.

Mierda. Mierda. Mierda.

¿Por qué me enviaría esta estúpida playera si Lindsay y él están haciendo toda clase de planes poéticos sexuales? Bueno, si quería conservar mi dignidad no tenía más remedio que aceptar la invitación.

—Claro. ¿Está bien si van Cindy y Sebastián?

—¡Sí! ¡Entre más, mejor!

Les pregunté a mis amigos si querían ir, y ambos dijeron que sí. Cindy dijo que iría porque solo le quedaban dos meses antes de su condena de confinamiento solitario.

—No exageres. Relájate —dije—. Estoy segura de que hay suficientes lugares que aceptan bebés a los que puedes ir.

La pasé fatal el resto del día. Cada vez que pasaba por un espejo o una ventana, veía la playera que podía o no ser de

Martín, y me sentía peor porque recordaba lo feliz que había estado cuando abrí la caja, y luego lo mal que me sentí cuando Martín expuso su tórrido romance con Lindsay.

¿Por qué esta gordita tiene tan mala suerte con los chicos? Es hora de comer un churro.

12 de enero

Mi mamá dijo que podía ir a la lectura de poesía el viernes siempre y cuando llevara a mi hermano a casa de su amigo Epifanio. El nombre suena extraño, pero añade Smith al final y te quedas de piedra. Supongo que eso te pasa cuando tienes un papá blanco y una mamá mexicana a quien no le importa lo que piensen los demás mientras perpetúe el nombre de su padre, abuelo o bisabuelo.

Epi (como lo conoce el resto del mundo) es amable, pero sé que él, Miguel y mi hermano siguen yendo a pintar puentes. Intenté hablar con Beto, sin embargo, dice que no me meta en sus asuntos. Lo que no entiende es que él es mi asunto. Sé que solo tengo como dos años más que él, pero me sigue preocupando. Y también mi mamá y el estrés que sería para ella que lo arrestaran otra vez. ¿Por qué no piensa en eso? Está embarazada.

Sin mencionar que desataría la ira de la tía Bertha. Ya tuve que escuchar su rollo sobre mi lectura de poesía y lo terrible que es que vaya. Dice que una buena jovencita no expone sus

pensamientos en público de esa manera, que escribir es cosa
de hombres, igual que ir a la universidad. Todavía no le entra
en la cabeza que *voy a ir* a la universidad (espero). Dijo que
debería dedicarme a perder peso y aprender a cocinar y limpiar para poder conseguir un buen marido. No le pregunté por
qué, si ha seguido ese maravilloso consejo, no pudo conservar a su marido y duerme con el de otra... aun cuando fuera el
marido de ella primero. Me dan ganas de decirle: "Pero, ¡mire
que chinga con eso! No es como si usted fuera modelo, tía",
pero imagino que me voltearía la cara a bofetadas, así que no
uso esa clase de palabras cuando me dirijo a mi tía. Juro que
a veces mi vida parece salida de una telenovela.

Lo único que me falta es descubrir que esta familia me
adoptó cuando mi madre millonaria me abandonó en la
puerta porque tuvo un amorío con el mayordomo, y su familia
la obligó a deshacerse de mí, amenazando con desheredarla.
Solo que no va a pasar. Me parezco demasiado a mi madre
como para que sea siquiera una posibilidad.

Todavía me siento mal por lo de Martín y Lindsay. Lo peor
es que, como no les conté a Sebastián y a Cindy de Martín, no
tengo a nadie con quién hablar. Creo que les diré mañana. No
sé por qué no lo he hecho. Supongo que es algo que quería
conservar para mí. Un secreto solo mío. Caray, eso sí suena
patético. Buen trabajo, Gabi.

14 de enero (15 de enero, en realidad, de madrugada)

Estaba tan, tan equivocada, tan superequivocada sobre Martín y Lindsay. Necesito empezar desde el principio para que pueda atacarme de la risa de lo tonta que fui cuando relea este diario en mi vejez.

El jueves en la mañana les conté a Sebastián y a Cindy que me gusta Martín.

—Ya sabemos. Estábamos esperando que nos lo contaras —dijeron.

Les pregunté cómo sabían y me dijeron que era obvio, porque siempre estaba hablando de lo genial que era su poesía, y diciendo cosas como: "Hubieran escuchado a Martín hoy en la clase, fue superchistoso" o "El poema de Martín sobre los árboles meciéndose en el viento fue realmente profundo", y ridiculeces como esas.

Tuve que meditar esas palabras, y luego me reí a carcajadas porque, pensando en las conversaciones que había tenido con mis amigos en las últimas semanas, la mayoría eran sobre Martín. Y... ambos sospechaban que él había enviado la caja en Navidad.

—Solo él hubiera enviado un regalo tan cursi —dijo Sebastián.

Además, Cindy dijo que se lo encontró en See's Candies cuando estaba comprando mis Scotchmallows, y él también compró.

—El único problema —dije— es que no sé si fue él, porque primero me invitó a la lectura de poesía como si fuera una cita, y luego dijo que iría con Lindsay. ¿Qué clase de cita es esa?

—¿Lindsay! ¡Pensé que era superlinda y dulce! ¡Perra hipócrita! —Cindy no se contuvo.

Me encanta tener amigos que me cuidan la espalda, aunque a veces juzguen a alguien o algo sin estar seguros.

—Ya sé. Yo también, pero creo que nos equivocamos.

Pasamos el resto de la tarde hablando de las cosas no tan lindas que Lindsay había hecho, como reírse de Sebastián cuando se estaba comiendo una salchicha de una manera muy sexy y se atragantó. Todos nos reímos en ese momento, pero ahora me doy cuenta de que pudo haber salido muy mal, y hubiera sido bastante extraño explicarles a los maestros y paramédicos que nuestro amigo Sebastián intentaba demostrar que podía meterse una salchicha grande hasta la garganta, mucho más que su amiga Cindy, y que se había atragantado con la salchicha. Ajá, hubiera sido supervergonzoso. Me sentí mal por hablar de Lindsey así, porque siempre había sido muy buena conmigo y hacía buenos comentarios sobre mis poemas, pero sentí que era el capítulo dos de la situación entre Sandra y Joshua Moore. Me fui a casa, hice mi tarea, comí caldo de res que sobraba (dos veces, porque el caldo de mi mamá es el mejor), me bañé y me fui a dormir. Ni siquiera tenía ganas de escribir en mi diario.

Al día siguiente (ayer, técnicamente), Martín estaba muy

emocionado por la lectura de poesía... y Lindsay también. Intenté aparentar que yo me sentía así, aunque lo cierto es que ya no tenía ganas de ir. En la clase de poesía, Martín y Lindsay se sentaron junto a mí y comenzaron a hacer planes.

—Puedo pasar por Cindy, Sebastián y tú, si quieres. Voy a llevar la camioneta de mi mamá y caben siete. Lindsey va a mi casa, así que nos vamos juntos.

—Suena bien —dije—, pero mi mamá me dijo que dejara a mi hermano en casa de su amigo, así que me tengo que llevar el auto.

—¿Dónde vive?

—En la Quinta y Oleander.

—Nos queda de camino. Lo puedo dejar también.

—Genial. Si en serio no te importa.

¿Qué más podía decir?

Martín nos recogió a las 7:30. Lindsey estaba sentada delante y me ofreció su asiento, pero yo dije que estaba bien. Dejamos a Beto y nos dirigimos a The Grind Effect. Cuando llegamos al café, había un grupo de universitarios platicando, fumando y bebiendo un café muy, muy negro. Mi nivel de ansiedad estalló. No sé qué esperaba, pero creo que Martín se dio cuenta de que estaba muy nerviosa y me tomó de la mano.

¡Me tomó de la mano!

Dijo que estaría bien, que no me preocupara. Mi cabeza empezó a girar y no supe qué decir.

—¿Lindsay no se enojará si te ve agarrándome de la mano? —dije.

—¿Qué? ¿Por qué? Se va a encontrar con su novio aquí y mi tía me pidió que la trajera —contestó.

¡Son primos! Soy una idiota. Después de eso me sentí un poco más relajada, hasta que la señorita Abernard se acercó a nosotros.

—¡Vino!

Martín no estaba sorprendido de verla.

—¿Sabías que iba a venir? —pregunté.

—Yo la invité —dijo, sonriendo.

—¿Están listos, poetas? —preguntó la señorita Abernard.

—Supongo. Estoy un poco nerviosa.

—Todo saldrá bien, Gabi. No te preocupes —me aseguró.

Yo no me sentía tan confiada.

La zona de lectura era abajo. Estaba a media luz y había sillones alrededor de las paredes y sillas de plástico plegables para la gente que llegaba tarde. La primera en tomar el micrófono fue una universitaria, y habló de sexo (lo que —adivina— fue incomodísimo porque nuestra maestra estaba sentada a lado), y luego un tipo con un poema sobre marihuana (más momentos incómodos). Antes de Martín, leyó un tipo con facha de hippie y un didjeridu. Ni siquiera sabía qué era ese instrumento hasta que sacó un cuerno muy largo y empezó a tocar... Si es que a eso se le llama música. Yo no creo que lo sea. Sonaba más como una ballena muy adolorida. Martín subió y leyó un poema sobre su mamá, y todos aplaudieron. Algunos incluso lloraron. Yo entre ellos.

Era mi turno. Casi no quería subir. Estaba nerviosísima.

Por fin me planté en el escenario y leí el poema sobre mi papá. Me empezaron a temblar las manos tan pronto como estuve frente al micrófono, pero después de dos estrofas pasó algo. Me perdí tanto en el poema —y en sacar todas las emociones contenidas—, que olvidé dónde estaba. Cindy y Sebastián estaban sorprendidos y orgullosos. Me dijeron que intentarían no burlarse de la poesía otra vez.

—Estuviste genial, Gabi —me dijo la señorita Abernard después—. Nunca dejes de escribir. Tienes un don que ya quisieran muchos. Nunca abandones tu talento, sería un desperdicio.

Le dije que no lo haría. Ya al final no se sentía tan raro estar en una cafetería con nuestra maestra. Casi parecía una persona normal.

Casi.

Lindsay se fue a casa con su novio, y Martín me llevó a casa después de dejar a Cindy y a Sebastián. No podíamos parar de hablar de la lectura y de todos los universitarios raros. Le pedí que se parara en la señal de alto cerca de la primaria que hay atrás de nuestra casa. No pude evitarlo, me incliné hacia él y lo besé. *Lo besé.* Rompí una de las primeras reglas de ser mujer. Otra vez. No esperé a que el chico diera el primer paso.

Se sorprendió, igual que Eric. Esperé a que reaccionara. Se acercó y me besó. Fue el mejor beso del mundo. Mejor que besar a Eric, y probablemente cien veces mejor de lo que hubiera sido besar a Joshua Moore.

—*Mmm.* Sí —sonrió.

—Lo siento, no pude evitarlo. Quería hacerlo desde hace

mucho, y si nos hubiéramos besado enfrente de mi casa mi mamá estaría viéndonos a través de las cortinas. No tengo ganas de que me regañen.

—No te disculpes. Por favor. He estado esperando por ese beso desde hace mucho tiempo. Desde antes de que anduvieras con Eric y Joshua Moore te invitara a salir.

Sentí que mi rostro hervía.

—Eh... —fue todo lo que pudo salir de mi garganta.

—Entonces... eh... te gustaría... digamos... ¿ser mi novia?

Me reí un poco. Fue muy lindo escucharlo decir eso.

—Sí, me encantaría ser tu novia, Martín Espada.

Y nos besamos un rato más, hasta que se paró un auto atrás de nosotros y tocó el claxon.

Me dejó hace unas horas, y aún no puedo dormir. No dejo de sonreír. Ha sido el mejor día de mi vida. La mejor parte fue la poesía. O sea, besar a Martín está inmediatamente después, pero nada se compara con la emoción que sentí al leer mi poesía. Desde que la señorita Abernard nos hizo memorizar "cualquiera vivía en un bonito pueblo cómo", de e. e. cummings, en la primera semana de clases, mi vida cambió. Voy a escribir un poema sobre esto. Necesito sacarlo.

LEER POESÍA

Las manos tiemblan
hablo rápido

declamo
recito
estas palabras que emocionan
en ese café en un sótano
ante un público mayor
y más chévere que yo.
Cindy toma la foto
el flash me desconcierta
sonrío y dudo
empiezo otra vez.

Pongo en venta
mis palabras de gorda
en mi mundo de gorda
tómenlo digo
¿lo quieren?
Aquí está para ustedes
todo esto para todos ustedes.
Escupo palabras
la saliva corre por mi barbilla de tanto hablar.
La poesía es algo desagradable y sucio.
La poesía te hace sudar
cada palabra que escribes se parece
al primer beso que soñaste
e imagino
que a la primera vez que tienes sexo.

La señorita Abernard me enganchó.

Vieja señora hippie
de cabello cano y largo
lentes redondos y enormes
faldas con vuelos
que fuma en su auto en el almuerzo
y el olor permanece en sus suéteres tejidos.

Me enseñó sobre e. e. cummings...
ese hombre blanco ya muerto que cambió mi vida.

Antes de él era rima rima rima
era puntuación
mayúsculas y maestros diciendo "*Esto* es poesía".

"cualquiera vivía en un bonito pueblo como"
dice ella léanlo apréndanlo y lo discutimos la próxima
semana.

Todo estaba mal.

todo en minúsculas (¡hasta su nombre!).

Ahora duermo con cummings
sueño en palabras
pienso en métrica
y escupo tinta.

No puedo dejar de escribir.
Escribo sobre árboles.
Escribo sobre el amor.
Escribo sobre mi hermano.

Escribo sobre mí.
Escribo sobre mi madre.
Escribo sobre mi padre.

Y me ayuda.

La poesía ayuda a curar las heridas.
Las vuelve tangibles.

En la lectura de poesía leí
un poema.
Una profecía que escribí.

Casi no puedo hacerlo.

Pero salió
apurada y ardiente
y cuando llegué al final
en mi lengua había fuego.

17 de enero

Ir a la escuela esta mañana sabiendo que soy la novia de Martín se siente muy bien. Pero no sé cómo será. ¿Como con Eric? Mis sentimientos hacia Martín son diferentes (creo). ¿Qué espera de mí? ¿Qué debería esperar de él? ¿Qué debo esperar de mí misma? ¿Lo estoy pensando demasiado? Es probable. Necesito bajarle al rollo e ir con la corriente.

Después de la escuela...

Fue un día fantástico. No puedo creer que hace unos meses estaba amargada por un estúpido al que ni siquiera le importaba. Les conté a Cindy y a Sebastián lo que pasó cuando Martín me fue a dejar. Por supuesto, les dio mucho gusto por mí. En el almuerzo todos nos sentamos juntos y hablamos de la cafetería y de cómo a los universitarios no les daba pena hablar de sexo en público. Una cosa es bromear con tus amigos, pero es algo totalmente distinto hablar de ello enfrente de extraños. No me importa hablar de sexo con Cindy y Sebastián. Él nos contó cómo prácticamente tuvo sexo con Pedro. Bueno, supongo que también cuenta como sexo si lo haces con la boca. Aunque yo creo que es asqueroso. O sea, ¡los hombres orinan por ahí! ¡Asco! Le dije eso a Sebastián y solo se rio de mí. Cindy dice que no se acuerda realmente de lo que pasó con Germán. Recuerda el dolor, y que también se sintió bien y no tomó tanto tiempo ni fue tan limpio y ordenado como en las películas.

A veces odio ser virgen. Odio no poder compartir cosas también. Creo que Martín podría ser mi primero. En serio, en serio me gusta. Pero no sé. ¿Y si cree que estoy demasiado gorda? Yo creo que estoy demasiado gorda como para mostrarme desnuda. Hay pedacitos que se mueven. Demasiadas lonjitas. Mis piernas son delgadas, pero ojalá mis muslos no rozaran. Ay. Necesito hacer algo con este peso.

Me voy. Hora de cenar. Y luego, tarea. Demasiada tarea.

23 de enero

¡Hoy es mi cumpleaños! Tengo dieciocho. Cindy y Sebastián vinieron a celebrar. Martín también. Mi mamá me hizo mi platillo favorito: sopes. Amo los sopes. Hay algo tan placentero en esos pequeños discos gruesos con sabor a tortilla cubiertos de carnitas, lechuga, crema, queso y la salsa verde superpicante de mi mamá. Cindy, por supuesto, no comió salsa. Tampoco mi mamá porque, al parecer, les da acidez a causa del extraterrestre que llevan dentro.

Mi mamá le compró mi pastel a una señora que vive en nuestra calle y hace los mejores pasteles del mundo. Son tan suaves y deliciosos que no importa si el inspector de sanidad los aprueba o no. Beto salió de su cuarto y comió sopes y pastel con nosotros. Incluso me dio un regalo: un nuevo diario que también "decoró" con toda clase de grafiti. En realidad, es muy bonito. Se ve que le tomó mucho tiempo. Eso significa mucho para mí. Cindy me regaló una pluma muy bonita grabada con mi nombre y un verso de mi poema favorito de Sylvia Plath, "Señora Lázaro": "Y devoro hombres como aire".

—Quise grabar toda la estrofa, pero salía muy caro —dijo Cindy.

El regalo de Sebastián fue una foto mía en la lectura de poesía. Hizo que cada persona presente escribiera una nota en el reverso de la foto. Incluso la señorita Abernard escribió algo.

—Sé que es otra foto, pero pensé que sería especial para ti.

Luego abrí el regalo de Martín. Era un libro autografiado de Sandra Cisneros. ¡Sandra Cisneros! ¡Dedicado para mí! Era su colección *Loose Woman*, y decía: "¡Para La Gabi, en libertad!". Casi me orino.

—¿Cómo lo conseguiste! —creo que grité.

—Pues, estuvo en la universidad de mi primo la semana pasada y le pedí que me lo consiguiera. Pensé que te gustaría. No te preocupes, te lo hubiera dado incluso si no hubieras querido ser mi novia. Qué bueno que te gustó.

Mi papá está en casa, se ve muy mal, pero al menos está en casa. Me dio un abrazo y sentí sus costillas. Luego me entregó una cajita. Había dos cosas: primero vi una muñeca minúscula. Desde que tengo uso de razón, mi papá me regala muñecas del tamaño de una moneda de veinticinco centavos, que no sé de dónde saca. Las tengo todas en una repisa en mi cuarto. Es una colección muy extraña, pero son tan lindas que las conservo todas. También me recuerdan que todavía piensa en mí. Lo segundo era un collar dorado con una magdalena rosada y dorada. No sé de dónde salió y tampoco pregunté. El último regalo que abrí fue de mi mamá. ¡¡¡Era un celular!!! ¡Estoy tan emocionada! Volví al siglo XXI. Dijo que no podía usarlo para hacer llamadas de larga distancia (no conozco a nadie a quien le pueda hablar de larga distancia), y que si me paso de los minutos gratis me va a ir de la chingada. Bueno, no dijo "de la chingada", pero parecido. Estaba tan contenta que me comí otro sope. De hecho, la comida estaba tan buena que hasta la tía Bertha salió de su hibernación.

Ha estado encerrada en su cuarto, deprimidísima porque su novio/exesposo, Tony, le dijo que ya no se pueden ver porque su nueva esposa está embarazada y no quiere arruinar esa relación. Escuché cuando les contaba a mis papás la semana pasada (se suponía que yo estaba dormida). Escuché que la puerta se abrió como a las 2:00 a.m., y era ella. Mi mamá le dijo que eso pasa cuando te acuestas con el marido de otra. Y que "eso" (es decir, "sexo") es todo lo que los hombres quieren de ti. Una vez que lo obtienen, no vales nada para ellos y ya no te quieren para otra cosa.

"Ya no sirve una para nada. Ahora nadie te va a querer".

Fue muy feo escuchar eso. Mi mamá en verdad cree que las mujeres solo valemos por lo que tenemos entre las piernas. Una vez que un hombre tiene acceso a ello, entonces no valemos nada ni tenemos futuro. Me pregunto si por eso es tan infeliz. ¿Creerá que se tiene que quedar con mi papá el resto de su vida porque se acostó con él y nunca se casaron (en la iglesia católica)? Es increíblemente triste. Hay tantas cosas que me gustaría preguntarle a mi mamá. Las escribí en una lista.

PREGUNTAS QUE ME GUSTARÍA HACERLE A MI MAMÁ, PERO
ME DA MIEDO PORQUE ES PROBABLE QUE ME CONSIDERE:
A) MALA, B) BLANQUEADA, O C) TODAS LAS ANTERIORES

¿Me tengo que casar para ser feliz?

Si me gustaran las chicas en lugar de los chicos, ¿me querrías?

¿Qué edad tenías cuando tuviste sexo la primera vez?

y

a. ¿Te dio miedo?

b. ¿Te dolió?

c. ¿Te presionaron?

d. ¿Te sentiste avergonzada?

e. ¿Fue con alguien que amabas?

f. ¿Cómo supiste que estabas lista?

g. Si no lo estabas, ¿por qué lo hiciste?

h. ¿Te dio pena quitarte la ropa?

i. ¿Te sentiste gorda?

j. ¿Te gustó?

k. ¿Sangraste?

l. ¿Le dirigiste la palabra al chico después?

m.¿Con cuántos chicos u hombres te has acostado?

n. ¿Te arrepientes de alguno?

o. Si me toco, ¿iré al infierno?

¿Por qué me dices que el sexo es malo, y le dices a mi hermano que use condón?

¿Por qué me enseñas a ser independiente, y me dices que necesito un hombre?

¿Y si no quiero hijos?

Si no me gustan los frijoles, ¿significa que no soy lo suficientemente mexicana?

¿Por qué siempre me dices que pierda peso si tú no lo haces?

¿Por qué siempre me comparas con otras chicas, como Sandra?

¿Acaso sabes que cada vez que me dices cuánto peso debo perder me amo menos?

¿Sabes que nunca escuchas cuando intento hablar contigo?

Si no me gustan los cosméticos ni los vestidos, ¿soy menos mujer?

Si crees que soy tan lista, ¿por qué crees que tomaré decisiones estúpidas?

¿Por qué te consideras débil si tú has mantenido a esta familia unida?

¿Cómo sabré que ya soy una mujer?

Creo que mi mamá necesita leer la poesía de Sandra Cisneros. Sobre todo, el poema "Loose Woman". Esa es la clase de mujer que quiero ser cuando crezca. Ojalá mi mamá se viera como esa clase de mujer.

26 de enero

Álgebra II me está pateando el trasero otra vez. A duras penas saco una C. Si no paso esa estúpida clase, adiós universidad. Martín dice que no me preocupe, que puedo lograrlo. Para él es fácil decirlo porque es un genio en matemáticas (y más, considerando que es tan bueno para escribir). Sin embargo, para esta gordita es lo mismo que comer helado de soya... completamente insoportable. Bueno, está bien, las matemáticas no son tan difíciles, pero son aburridísimas. Las odio. Sebastián ofreció darme clases particulares y voy a aceptar. Le pediré que lo hagamos mañana después de clases. Podemos ir a Pepe's House of Wings y comer alitas también. Amo las alitas. Suspiro.

Ahora que tengo mi teléfono, puedo mandar mensajes cuando quiera, aunque de cierta manera extraño el teléfono de la casa. Supongo que esto es mejor, porque no necesito que mi mamá escuche mis conversaciones. Los viernes me desvelo hablando con Martín hasta las tres o cuatro de la mañana. He escuchado a mi mamá acercarse a la puerta una o dos veces, pero escondo mi teléfono abajo de la almohada, junto a mi carne seca. Vale la pena.

27 de enero

La peor tutoría de mi vida. Sebastián estuvo fantástico, es una calculadora humana y tiene la paciencia de un santo, pero no fue el mejor lugar para estudiar. Estaba tan entusiasmada con la delicia de pimienta y limón que son las alitas, que Sebastián y yo terminamos ordenando un montón de alitas e invitando a Cindy a que se nos uniera. Luego compramos una pizza y cada uno comió una rebanada de flan. Pepe's House of Wings es una mezcla ecléctica de comida mexicana, italiana y alitas (de donde sea que son originarias). Mi examen no es hasta la próxima semana, así que tengo tiempo para estudiar.

3 de febrero

Esta sería la parte de la película en que el papá se muere, la hija pierde el control y se deja llevar por un remolino de autodestrucción, acostándose con cualquiera y consumiendo drogas (como su padre), en una búsqueda constante por lo que perdió siendo adolescente. Pero esto no es una película. Es de carne y hueso. Es en cámara lenta. No me puedo mover. Floto sobre la escena para tener una visión amplia del trágico final. En la esquina de nuestro garaje mi papá encontró refugio, persiguiendo algo que nunca volvería a encontrar. Está tirado, pipa en mano. La punta está rota. Un residuo rojo forma un hermoso dibujo en lo que queda del vidrio. Mi primer pensamiento fue: "Papá, ¿estás bien?". Creo que lo dije en voz alta. Pero claramente no estaba bien. No me contestó. No se movió. El miedo se apoderó de mí. Había imaginado esa escena mil veces. Incluso la había deseado en esos momentos de desesperación en que me moría por saber dónde estaba mi papá, aunque no estuviera vivo. Pero en esos breves instantes nunca fue así. Yo imaginaba alivio, y esto no se le parecía. Me veo parada ante él durante tanto tiempo que mis pies echan raíces junto a la lavadora. Escucho algo en mí que dice: "Muévete, Gabi, muévete". Arranco mis pies del suelo y me arrodillo junto a mi papá. Lo muevo. Mi padre. Mi papi. Pero ya no está.

Busco en mi bolsillo y saco el teléfono. Marco el 911.

—911. ¿Cuál es su emergencia?

No puedo hablar. Estoy paralizada.

—911. ¿Cuál es su emergencia?

Sé que tengo que responder, pero no puedo.

—¿Estás bien? ¿Cuál es tu emergencia?

Finalmente, las palabras salen de mi boca.

—Se murió mi papá.

—¿Perdón?

—Sobredosis.

—¿Cuál es tu dirección?

—8767 N. George Street. Santa María. Estamos en el garaje.

—Te voy a transferir al Departamento de Bomberos de Santa María. Por favor, espera.

Después de la llamada, me quedé ahí. Sostenía la otra mano de mi papá, la que no tenía el vidrio roto. No había tomado su mano desde que era una niña. Entonces me doy cuenta de que, si hubiera entrado al garaje antes para lavar mi ropa, como había planeado... Si no hubiera decidido mirar esa estúpida novela con la tía Bertha... Si hubiera entrado antes, mi papá estaría vivo. Su mano sigue tibia. No me acordé de avisarle a mi mamá hasta que llegaron los paramédicos. Se ve confundida cuando aparecen, y luego ya no. Se desmorona, creo que grita y llora, pero el sonido se ahoga. La tía Bertha la abraza y se abraza a sí misma. También imaginó esta escena, aunque estoy segura de que tampoco creyó que se sintiera así. Alguien mueve a mi papá y jala mi mano. Me quedo ahí sentada. Intentan revivirlo. Rasgan su playera. Hacen todo lo posible. Quiero gritar: "¡No sirve de nada! ¡Está muerto! ¡Mi papá está muerto!". Solo puedo darles la espalda. Beto está en la puerta. Lo miro a los ojos. Se sienta conmigo y lloramos juntos, abrazándonos como todas esas veces que escuchamos pelear a mis papás y nos hizo falta sentirnos a salvo.

4 de febrero

Autopsia.

6 de febrero

Velorio. Velar. ¿Velar qué? No a mi papá. Había una caja y un cuerpo adentro. Me obligué a mirarlo, aun cuando mi mamá dijo que mejor no lo hiciera. Sin embargo, no quería recordarlo como estaba en el garaje. Algún día encontraré al embalsamador que arregló a mi papá y le daré las gracias. El cuerpo se parecía a mi papá, a la vieja versión de mi papá. Tenía color en el rostro, más café y menos amarillo. Su cabello negro largo estaba atado en una cola bien peinada y acomodada detrás. No lo había visto con el cabello peinado en meses. Ya no tenía la barba ni el bigote de un indigente. Toqué sus manos. No debí hacerlo. No había mugre bajo sus uñas. Había un arete del que me había olvidado en su oreja izquierda. Casi no se notaban las cicatrices de los rasguños debajo del maquillaje. Sus dientes podridos estaban ocultos. De alguna manera, su boca parecía llena. La ropa estaba limpia, pero le quedaba grande. Era un viejo traje blanco que había visto en una fotografía de mi mamá, de una cena de aniversario años atrás. Casi tenía ganas de reírme. ¿En serio, quién compra un traje blanco? Mi mamá. Él odiaba el traje, sentía que estaba vestido para su primera comunión. Lo usó en esa ocasión por mi mamá y juró que nunca se lo volvería a poner. "Ni muerto". Esas fueron sus palabras... ni muerto.

7 de febrero

El funeral fue surrealista. En la misa nos pidieron que dijéramos algo sobre mi papá, sobre su vida. Lo intenté.

—Mi papá nació en Sonora, México, en 1972. Vino a este país a buscar una mejor vida para él y para mi madre. Trabajó con sus manos y era muy listo. Pudo haber sido ingeniero. O médico. O inventor. Era gracioso y amable, y siempre estaba dispuesto a ayudar a otros. Si veía un auto descompuesto junto al camino, se detenía para ayudar, aun si mi mamá se enojaba. En cuarto grado, cuando intenté construir mi tarea con cubos de azúcar, y me di cuenta demasiado tarde de que se disolvían con el pegamento, mi papá fue a su camioneta, sacó herramientas y madera, y me ayudó a construir algo mejor. Sabía de autos, construcción y plomería. Silbaba mejor que nadie. Y sí, era drogadicto. Y sí, murió de una sobredosis. No hay que fingir, no estamos aquí porque mi papá tuvo una larga y feliz vida. Eso sería una mentira y un insulto para él. No vivió mucho, y rara vez fue feliz, por lo menos recientemente. Pero eso no significa que fuera un mal hombre. Fue un hombre muy bueno que tomó muy malas decisiones que terminaron matándolo. Hay muchas personas sentadas aquí que se aprovecharon de la bondad de mi padre, de su espíritu generoso. Personas que sabían que era un adicto y se aprovecharon de él. Ustedes saben quiénes son. Apuesto a que se sienten culpables o lo lamentan, así que no diré nada más, excepto que es un poco tarde para remordimientos o disculpas. Está muerto. Y lo extraño. Extraño sus bromas, oírlo tocar la guitarra y sus abrazos. Quiero...

No pude decirle a la gente lo que quería. Rompí a llorar y salí corriendo. Corrí por toda la calle y seguí andando hasta que encontré el lugar, me enconché y lloré. Cuando cayó la noche y salieron las estrellas y la luna se coló entre las grietas del techo y pasaron los autos y los niños de los vecinos se pusieron a jugar al juego de pillar, como si nada hubiera pasado, como si nada hubiera cambiado, mi hermano fue a sacarme del garaje y cerró la puerta con llave.

Creo que nunca más saldré de la cama.

10 de febrero

La tía Bertha se fue, cansada y un poco más vieja. Más desgastada que cuando llegó. Las oraciones no surtieron efecto. Las llamas del Espíritu Santo le fallaron. "¿Le habrá quitado Dios sus dones?", se preguntaba. Su fe está en el limbo. No pudo salvar a su hermanito.

—A lo mejor es un castigo por lo que hice con ese hombre. Tal vez era pecado.

Es muy propio de mi tía creer que Dios solo la toma en cuenta a ella.

12 de febrero

—¡Ya, párate! ¡Ándale! —dijo mi mamá tocando mi puerta.

La abrió, se sentó en la cama y esperó hasta que me volteé a verla. Sus ojos estaban rojos. Nunca pensé en ella, en el bebé que está en camino. Un bebé que nunca conocerá a nuestro padre. Nunca sabrá nada, excepto que murió de una sobredosis. No he pensado en Beto. Cindy y Sebastián fueron al funeral y vinieron a verme unas cuantas veces, pero se fueron después de estar sentados en silencio más de una hora. También vino Martín. No tenía ganas de verlo. Creo que sí soy mala después de todo. Mi papá murió, pero nunca pensé en él como el marido de mi mamá, la persona que mejor la conocía. El hombre que la ayudó a cruzar la frontera entre montañas, la migra, los perros y los ríos. Quien le enseñó a manejar. La persona con quien se suponía que viviría para siempre ha comenzado a pudrirse en un agujero a tres calles de aquí. Y no podemos hacer nada.

—Ya estuvo bien. Es suficiente. No nos podemos quedar en la cama —dijo, y luego agregó lo que no quería escuchar, de lo que me estaba escondiendo—. Mañana te vas a la escuela.

—No puedo, mamá. No puedo. Me duele. Todo me duele.

Me pongo a llorar otra vez, porque es cierto, todo me duele. Me abraza. Tengo cinco años otra vez. Lloro en el regazo de mi madre sabiendo que, si ella me sostiene, todo será mejor. Beto entra. Dice algo por primera vez desde que encontré a nuestro padre en el garaje:

—Estar acostada no lo va a revivir. No seas estúpida y párate. Ya basta, Gabi. Ya basta. Nos tenemos que parar.

Mi mamá nos mantiene unidos justo cuando nos empezamos a desmoronar.

¿Qué hacemos ahora?

13 de febrero

Como nunca he sido popular, se me hace antinatural sentir las miradas de todos. Es molesto. Cindy y Sebastián fueron mi muralla en la escuela. Me protegieron, evadieron las preguntas que me iban a herir, como: "¿Es cierto que tú encontraste a tu papá?" y "¿Cómo te sientes?". "Oh, pues, de maravilla. Encontré a mi papá con una sobredosis en un rincón de nuestro garaje, todavía con la pipa en la mano. Me siento increíble. Fue soberbio. ¿Qué clase de pregunta de mierda es esa? ¿Eres imbécil?". De todas maneras, mi respuesta real siempre es: "Bien". La mayoría de la gente no sabe qué decir (lo mejor sería no decir nada), y los perdono. Pero Georgina, quien es la reina de los idiotas y, por ende, no como "la mayoría de la gente", hace un comentario que solo la reina de los idiotas se atrevería a hacer: "No sabía que tu papá fuera adicto". Antes de que Cindy pueda decirle "¡Cállate, perra estúpida!" (cosa que ya había empezado a decir), le di una bofetada a la payasita. Fuerte. Mi mano dejó mi costado antes de que pudiera decirle que no. Luis, el guardia de seguridad, vio todo y nos dio la espalda. Nadie dijo nada mientras yo me iba. Luis conoce a mi papá desde que llegó a este país, veinte años atrás, de cuando los dos trabajaban en un almacén como guardias de seguridad. Sentí alivio. ¿Quién lo hubiera dicho? Solo tenía que pegarle a alguien en la cara.

18 de febrero

Se me olvida y espero que vuelva a casa. Marco su número. *El número que usted marcó se encuentra fuera de servicio. Por favor, cuelgue e intente de nuevo.* Escucho sus mensajes de voz. Solo quiero escucharlo. El de mi cumpleaños del año pasado, cuando iba muy bien. El del día en que se le olvidó el nombre de la calle en una ciudad donde tenía un nuevo trabajo. El de hace unos meses cuando me llamó y dejó grabada una canción chistosa. El de hace un mes, pidiendo dinero. El de hace un par de semanas, disculpándose, llorando y pidiendo más dinero. Todos. Quiero una parte de él, algo... aunque sea un sonido.

Martín dice que debo seguir adelante. Tengo que estar ahí para mi mamá y mi hermano. Y para mí. Me contó que, cuando murió su mamá, estuvo dos meses sin hablar. Se salía a escondidas de su cuarto en la noche y se ponía a ver videos de ella. Poco a poco la vida siguió. Creyó que debía hacer ciertas cosas porque, si su mamá era un fantasma, se enojaría mucho con él si no hacía su tarea o limpiaba su cuarto. Aprendió a ser una buena persona porque tenía miedo de enfurecer al fantasma de su mamá. Le pedí perdón por ser tan grosera con él y me dijo que no tenía que disculparme, que cada uno maneja su duelo a su manera. Duelo: una palabra con la que nunca pensé que tendría que lidiar.

22 de febrero

Todos mis maestros han sido extra amables y me han dejado entregar la tarea tarde. ¿Debería importarme la escuela? ¿Es correcto? ¿Manejar mi dolor es hacer la tarea en un momento como este? Martín me convenció de que era importante. Cindy y Sebastián dijeron: "No seas ridícula. ¿Qué vas a hacer? ¿Pasarte otro año en la prepa te va a hacer sentir mejor?". Tienen razón.

Sin embargo, ninguno de mis pobres maestros sabe qué decir o qué hacer. Así que, en lugar de hablar del fantasma del drogadicto, lo ignoran. Hay una cierta torpeza en todas nuestras conversaciones. Apuesto a que la mayoría de ellos no ha tenido que lidiar con esta clase de realidad. Apuesto a que mi papá probablemente le pidió dinero a alguno de ellos en algún elegante centro comercial. O quizá la policía lo corrió de alguna de las lindas calles donde viven. Nadie habla del fantasma, excepto la señorita Abernard. Me dice que escriba sobre ello, que escribir ayuda. Su papá se suicidó, se dio un tiro en la cabeza cuando ella tenía quince años. "Si yo pude sobrevivir eso, Gabi, tú puedes hacerlo mejor. Pero necesitas escribir. No permitas que tu ira y tu tristeza se estanquen". Rompe las reglas de la escuela y me abraza mientras lloro todas las lágrimas que había estado guardando entre los pasillos.

23 de febrero

Ya no sé si puedo escribir. Quiero levantar mi pluma, pero se siente pesada. Parece tener la punta encadenada al escritorio. Pienso en el poema que escribí para mi papá, y me pregunto si era cierto. ¿Mi papá quería morir? ¿No éramos suficiente para él? ¿Este mundo no era suficiente? ¿O era demasiado? Intento recordar momentos felices con él. Cuando me llevaba a montar caballo, cuando me enseñó a andar en bicicleta, o el día que me dejó pintar la casa de muñecas que hizo para mí. Pero incluso esos recuerdos están manchados con palabras de mi mamá o las cosas que omito y luego recuerdo haber omitido. Todavía me quedo dormida llorando. Cindy y Sebastián han sido los mejores amigos que pudiera pedir, pero sé que no pueden entender cómo se siente perder a un padre. Claro, Sebastián no se habla con su papá, mas no porque se esté volviendo polvo a unas cuantas calles. No es lo mismo. Hasta la imbécil de Georgina se disculpó por ser tan imbécil. Yo no me disculpé. Eso hubiera sido hipócrita. Lo haré en algún momento. En realidad, no debí haberle pegado en la cara.

24 de febrero

Intento escribir al menos un pedazo de poema cada día.

Las rosas son rojas
las violetas azules

el azúcar es dulce
y ahora tienes diabetes.

27 de febrero

Ya se acerca la fecha del parto de Cindy. No creí que sucedería. O sea, obviamente tenía que pasar, pero creo que no imaginé lo real que iba a ser. Es rara la forma en que sigue pasando el tiempo. Mi papá murió, pero los bebés nacen todavía. Cindy está tan grande que casi no puede caminar. Tiene clases particulares ahora, porque está cansada todo el tiempo, así que ya no la veo en la escuela. Intento pasar a verla por lo menos tres veces a la semana, para contarle todos los chismes. Que cacharon a Georgina teniendo sexo en la escalera de emergencia con nada menos que Joshua Moore (quien parece ser muy popular) y que sus papás la tuvieron que ir a recoger. ¡Qué vergüenza! Me hubiera encantado ser una mosca en la pared para haber visto la escena. No a Georgina y a Joshua hacerlo como los monos, sino haber estado ahí cuando los atraparon. Aunque me da un poco de pena por Georgina, su papá es un imbécil. Debería decir: "Bueno, ahora sabrá cómo se siente lo que le hizo a Cindy", pero ser tratada como paria no es algo que nadie se merezca, y menos por tener sexo, porque todos lo hacen. Suena a cliché, pero el sexo es una función humana natural. O sea, no deberíamos querer hacerlo con todos, pero es posible que no sea tan malo como nos quieren hacer creer nuestros papás. Pero yo qué voy a saber, si soy virgen. Suspendieron a Joshua y a Georgina unos días, pero ¿qué más puede hacer la escuela, realmente? También se supone que tienen prohibido dirigirse la palabra. ¡Ja! Como si les fueran a hacer caso. A veces los papás son increíblemente ingenuos. "Ojos abiertos, piernas cerradas". Suena tan simple. Pero no lo es. Quizá cuando mi mamá era joven nadie sentía esas cosas supuestamente prohibidas entre las piernas. A lo mejor es cierto y solo se hablaban de un lado a otro de la reja, o en el porche, bajo la mirada acechante de los chaperones. No lo creo. Eso me suena improbable, un escenario imaginado por los adultos. Porque si fuera el caso, no habría tantos padres jóvenes ni padres que nunca se han casado, o que se han divorciado, ni tantos niños en orfanatos. Los jóvenes siempre han tenido sexo. Solo que ningún adulto lo quiere admitir. Establecen reglas sobre cómo deberíamos comportarnos sin darse cuenta de que a veces no importa lo que digan. Si queremos tener sexo, lo vamos a hacer: en la noche, en la parte de atrás de algún auto o a mitad de la tercera clase en la escalera de emergencia.

28 de febrero

Beto. Mi hermano. Lo amo. Solía decir que odiaba a mi papá, pero yo sabía que era mentira. Anoche —o en la madrugada, mejor dicho— llegó a casa borracho. Había vomitado encima del único zapato que traía puesto, y tenía un ojo morado y el labio roto. Nos despertó un golpe fuerte en la puerta y, cuando abrimos, era Beto. Estaba tirado en el piso. Se me paró el corazón cuando vi la sangre en su cara. Sentí que me venía un ataque de pánico, y era demasiado tarde. Empecé a hiperventilar y a llorar. Mi mamá casi se desquicia. Me tomó un rato tranquilizarme, y entonces me di cuenta de que Beto estaba respirando, así que lo arrastré al interior de la casa. Empezó a hacer arcadas. Cuando me di cuenta de que iba a vomitar otra vez, traje un bote de basura y metí su cabeza.

—¿Por qué lo hizo, Gabi? —Arrastraba las palabras, pero yo sabía qué estaba preguntando—. ¿Por qué?

—No sé, Beto.

Yo sé que no puedes tener una conversación profunda con una persona intoxicada. Mi mamá estuvo echada en el sofá todo el tiempo. Cuando vio que yo me estaba haciendo cargo, se fue a la cama. Arrastraba los pies, soportando el peso de nuestro hermano por nacer.

HAIKU PARA MI MADRE

¿Qué queda ahora
si el más hambriento se fue?
Caldo de dolor.

1 de marzo

Las travesuras de Beto hicieron que mi mamá entrara en labor de parto un mes antes de tiempo. Después de bañar a mi hermano y llevarlo a su cama, estaba tan cansada que me desconecté de inmediato. Debo de haber tenido un sueño realmente profundo, de esos inducidos por el mago de los sueños, porque mi mamá tuvo que aventar su florero favorito contra la pared de la sala para despertarme. Mi mamá y Beto deben haber llevado un buen rato peleándose, porque a esas alturas mi mamá ya parecía lista para pegarle. Y lo hizo. Golpeó a mi hermano una y otra vez con el puño cerrado, mientras él intentaba meterse en la pared donde se había estrellado el florero, cubriéndose la cara con las manos. Mi mamá, con su cabello largo moviéndose al ritmo de la desesperada paliza, debió olvidar que estaba embarazada. El cabello se le quedaba pegado a la cara por las lágrimas. Se veía tan triste que yo no quería mirarla siquiera.

—Eso es lo que quieres, ¿no? ¿Que te peguen? ¡Pues, toma, déjame ayudarte! —gritaba.

Los miré de lejos durante un rato, como si no fueran mi familia (porque no podían serlo). Para nada, pensé. Esto no está pasando. Mi mamá (siempre hablando de la poca moral de los blancos que salen en los programas de entrevistas que dice odiar, pero obviamente no es cierto, porque los mira todos los días) estaba en la sala, descalza, embarazada, con un camisón de franela, moliendo a golpes a su hijo delincuente. Creo que uno no puede caer más bajo que eso. Solo nos faltaba vivir en una casa rodante y tener un padre drogadicto. Ah, espera, sí tuvimos uno.

—¿Quieres ser como tu padre? ¿Quieres acabar como él? ¡Ya tuve suficiente de esas chingaderas! ¡Suficiente de no saber si iba a venir a la casa o si estaba muerto en algún lado, de lavar sangre y vómito de su ropa! ¡Ya me cansé! ¡No me vas a hacer lo mismo! —mi mamá seguía llorando y gritándole a Beto.

Nunca nos había pegado así. Cierto, nos había tocado una bofetada algunas veces, por contestarle, pero ¿una paliza? Nunca. Sin importar lo jodida que estuviera nuestra familia, mis papás solo usaban castigos físicos en situaciones extremas, y solo para reprimir, no para infligir dolor.

Sin embargo, aun con las manos de mi mamá pegándole por todas partes, mi hermano logró decir bastantes estupideces:

—¡Bueno, ya tienes lo que querías! ¡Dijiste que ojalá estuviera muerto! ¿No es cierto? ¿No es lo que chingados dijiste?

Usó groserías con mi mamá. Le dijo una pinche grosería. Me tomó un segundo reaccionar, pero aparté a mi mamá tan delicadamente como pude para que una embarazada demente no matara a golpes a su hijo. Porque en eso había terminado mi familia. Habíamos entrado a un universo alterno donde vivíamos regidos por nuestros instintos primitivos. Por supuesto, al intentar detener esa locura, también me tocaron un par de golpes. Luego todo se fue a la mierda todavía más, y muy rápido. Mi hermano seguía aparentemente con un pie en ese universo primitivo, y creyó que era una buena idea irle arriba a mi madre embarazada con el puño levantado. Ajá. Así fue. Gracias a Dios y a mis reflejos de felino, lo pude aventar fuerte contra la pared.

—¡Cálmate, con una chingada! —le grité.

Derrotado, mi hermano se dejó caer al suelo.

—¡Te odio! Solo piensas en ti. ¡Siempre! ¡Por eso está muerto! ¡Tú lo mataste! —le gritó a nuestra madre.

Ella lo miró, greñuda y descalza, con su enorme panza moviéndose mientras jadeaba por tanta agitación.

—¡Cállate! —grité—. ¡No sabes lo que estás diciendo!

Cuando mi mamá se agarró el vientre y gimió con dolor, supe que ya había valido todo. No sé cómo la llevé al auto, pero lo hice. Beto corrió a su lado.

—Lo siento, mamá, lo siento —decía—. No lo dije en serio. Lo siento, mamá.

Y era cierto, solo que ya no tenía importancia.

Llegamos al hospital, y hemos estado esperando noticias. Recapitulo lo que sucedió antes de que me pasara doce horas en una sala de espera (deseando escuchar que no me he quedado huérfana de repente): desperté con el sonido de un florero rompiéndose. Mi madre embarazada golpeaba a mi hermano, quien se le echó encima. Aventé a mi hermano y le dije una grosería por primera vez en la vida. Él le gritó a nuestra madre que la odiaba, lo que provocó un parto prematuro. Ese fue el desayuno, las estupideces de la familia Hernández. Ese debería ser nuestro lema.

Tuve que hablarle a la tía Bertha. Yo no estaba lista para manejar una situación como esa. Se había mudado al complejo de departamentos, a tres ciudades de nosotros, donde vivía antes de venir a ayudar a mi papá. Le expliqué la situación y debió tomar un vuelo, porque llegó a tiempo para entrar al parto con mi mamá.

3 de marzo

Ernesto Julián Hernández es mi nuevo hermano. Lleva el nombre de mis dos abuelos. El bebé de dos días está en una incubadora, luchando por respirar. El médico dice que estará bien, pero todavía necesita un poco de ayuda, porque sus pulmones no se habían terminado de formar. Beto se siente superculpable. Y debería. No quiero estar enojada con él, ni hacerlo sentir mal, pero así es. Si no hubiera aparecido borracho y golpeado, nada de esto hubiera pasado. Supongo que, también, si mi mamá no hubiera reaccionado como lo hizo, esto no hubiera pasado. Probablemente es culpa de ambos. Aunque estoy segura de que muy pronto me culparán a mí, no podemos seguir peleados mientras nuestro hermanito esté en una caja de plástico. Y supongo que, sin importar lo que pase, seguimos siendo una familia. Aun cuando no queramos serlo. Familia, qué sarcasmo.

Cindy y Sebastián vinieron a verlo. Cindy se veía muy cansada.

—Este bebé se tiene que apurar —dijo antes de irse—. Me siento como la mierda. Mi mamá me tiene caminando todo el tiempo. Ya no puedo dormir. No importa de qué lado intente acostarme, no puedo.

Solo se quedó quince minutos, pero le agradezco que haya venido. Sebastián le compró a Ernie un osito de arcoíris, al que le puso de nombre Jeff. Me hizo sonreír. Martín se fue hace como una hora y le trajo a Ernie un libro del Dr. Seuss, *Oh, cuán lejos llegarás*. Este tipo es tan optimista. Creo que lo amo.

4 de marzo

Ernie estará en la incubadora algunas semanas más.

Es marzo. Las cartas de rechazo de las universidades deben llegar pronto.

10 de marzo

Se está volviendo una labor hercúlea equilibrar la escuela y la familia. Sin embargo, a diferencia del joven semidiós, yo no he matado a mi familia, y estoy segura de que no hay dioses ni diosas intentando ayudarme a lidiar con todas mis desgracias. Lo que sí tengo son amigos, pero estos tienen sus propios problemas y vidas, y no puedo recargar toda mi tristeza en ellos. Cindy está a punto de reventar y sería injusto estresarla. Sebastián da lo mejor de sí. Se unió al club de LGBTQ de la escuela y está muy ocupado con eso. Es algo muy, muy bueno, porque no comprendíamos realmente lo que es el rechazo a un adolescente homosexual. O sea, ninguno de nosotros es homosexual, así que no sabemos cómo se siente, y por eso estoy muy contenta de que haya encontrado el apoyo de otros adolescentes que pasan por lo mismo. El único que queda es Martín. Sé que me ama, pero a veces siento que lo estoy arrastrando al abismo con todo el drama en mi familia. Necesito hacer algo para sentirme mejor. El plan ahora es comerme esta cajita de Thin Mints. Me encanta la temporada de galletas de las Girl Scouts.

13 de marzo

Martín me ayudó a encontrar una solución para no atragantarme con Caramel Delites o cualquier otra galleta. Pero incluye sudar. Asco. Dijo que estaba cansado de verme deprimida y al límite todo el tiempo, así que sugirió que empezáramos a correr juntos. Dijo que correr te hacía liberar endorfinas y te daba algo como un "viaje". Interesante, pensé.

—¿Te parece que corro? No conservo esta figura haciendo ejercicio, mi amigo —le dije, porque no entreno nunca.

No le pareció tan gracioso. Dijo que, si quería sentirme mejor, debía tomarlo en serio. Me dijo que estuviera lista a las 5:00 p.m. Dijo que me recogería y me llevaría al parque. La cosa es esta: estoy gorda. No quiero estar gorda por muchas razones, sobre todo porque es penoso subir escaleras y que las ancianitas suban más rápido que tú, que tienes que detenerte para recuperar el aliento. Además, hay mucha ropa que me gustaría comprar. En las tiendas, parece que la única ropa rebajada es para chicas delgadas; las de gorditas están a precio normal o carísimas. Me pregunto si es porque tienen que usar más tela. Mmm... Bueno, en fin. Correr es un ejercicio que te expone: todos mis pedacitos estarán rebotando de arriba a abajo ante el mundo entero. No quiero decírselo a Martín porque temo que me considere superficial. Y supongo que lo soy, pero no quiero que él lo sepa.

Mi lado de Gabi buena, el que quiere que esté en forma, sana y salga de la depresión, dice: "Nadie va a estar mirando tus pedacitos. Y si así fuera, ¿qué? Enfócate en tu meta y ándale". Pero la Gabi mala, a la que no le importa nada, dice: "¿Correr? ¿Qué somos, atletas? ¡Ja! No te preocupes por eso, te amas a ti misma. No importa que no puedas subir escaleras... ¡Para eso están los elevadores! Relájate. Sírvete un poco de Coca sin azúcar y algo de lo que tienes escondido en tu cajón de la ropa interior. De hecho, vi que mamá compró galletas con chispas de chocolate... ¿Qué demonios estás esperando?". Por algún motivo, la Gabi mala tiene mucho más que decir que la Gabi buena, además de que suena más fuerte y es mucho más convincente.

Al final, la Gabi buena venció a la Gabi mala y fui a correr. Martín tenía razón: me sentí mejor después. Sentí una clase de euforia, aun cuando sentía el corazón a punto de salírseme del pecho, y tenía la cara roja como un tomate.

—Ese es el viaje que se siente cuando corres —dijo Martín.

Como nunca me he drogado, le creo. Fuera lo que fuera, me siento mejor.

14 de marzo

¡Ahhh! ¡Cindy entró en labor de parto! ¡El extraterrestre que ha estado guardando en su vientre está a punto de romper la placenta, la mucosa y el tejido! Y salir de su vagina. De cualquier manera, solo puede haber dos personas en la sala, y me dejó ser una de ellas. La otra es su mamá. Estoy a punto de ser testigo del milagro de la vida.

Más tarde...

Eso fue asqueroso. Mucho más de lo que imaginé. Ojalá

no hubiera faltado a la clase de salud el día que nos mostraron esos videos. Hubiera estado preparada para el espectáculo que nos dieron esta noche los órganos reproductores de Cindy.

Primero, un montón de gritos. Menos que en las películas, aunque más de los que imaginé.

Segundo, hubo mucho sudor y pujidos. Y un poco de popó. ¡Popó, carajo! Le dijeron a Cindy que no comiera nada la noche anterior, pero lo hizo. No sabía que iba a entrar en labor de parto, pero da lo mismo. Entonces, cuando estaba en la mesa pujando hasta expulsar su corazón y al niño alienígena, se le salió algo más. De otro hoyo. Lo que quiere decir que vi a mi mejor amiga cagar en vivo.

Todo eso fue traumático. O sea, fue asombroso... en toda la extensión de la palabra. Completamente asombroso. Durante casi un año, Cindy cargó a ese ser en su interior. Cuando pateaba, podíamos verlo moverse en su vientre, intentando escapar. Sin embargo, seguía adentro. Luego, de pronto, está en una mesa con las piernas abiertas y sus partes más privadas expuestas ante los ojos de un montón de gente. Y sucedió... hubo un agonizante y sonoro ¡*pop!* y la cabeza del bebé empezó a salir. Sentí que me iba a desmayar. Grité de verdad (la enfermera me miró como diciendo: "Si no estuviera ayudando al doctor a traer al mundo a este bebé, te daría un puñetazo en la cara, tarada cobarde"). Pero no pude evitarlo... Era demasiado. Cindy seguía pujando y pujando, y el bebé seguía asomándose, y luego se hizo popó y el bebé terminó de salir. Estaba completamente cubierto en un tipo de moco con sangre y cosas blancas. Sí, parecía un bebé extraterrestre, igual que en una película de ciencia ficción. Lo limpiaron y lloró. Ahí empecé a llorar. No podía comprender cómo algo tan asqueroso podía ser tan bello al mismo tiempo. Y lo era. Cuando Beto nació, yo estaba muy chica para saber lo que estaba pasando. Cuando Ernie nació, fue una emergencia y no estuve en el cuarto porque mi mamá no quiso, por si se moría... Así es mi mamá, siempre viendo el lado positivo. La tía Bertha fue quien le dio la mano a mi mamá durante todo el proceso. Esta es mi primera experiencia con un parto. Cindy se veía tan feliz sosteniendo a su bebé, como si no importara que todos estuviéramos mirando su vagina o la hubiéramos visto hacer popó en la cama de hospital. Lo principal es que tenía a su hijo entre sus brazos.

Esperemos que Ernie pueda irse a casa pronto para que mi mamá se sienta tan feliz como Cindy, en lugar de preocuparse por si mi hermanito podrá respirar por su cuenta o no.

15 de marzo

Cindy lo llamó Sebastián Gabriel. No lo puedo creer.

16 de marzo

En la escuela, todos preguntaron por Cindy. Cómo está, cómo se ve el bebé, qué nombre le puso. Lo de siempre. Pero muchos de los que estaban preguntando la habían criticado por estar embarazada, así que les di respuestas genéricas: "Se ve como un bebé. Está viva. Le puso un nombre con más de una letra". Pronto la gente dejó de preguntar. Georgina fue una de las que se acercó a preguntar por Cindy. Me sacó de onda su cambio de actitud.

—¿Te importa? —le pregunté—. ¿No fuiste tú la que les dijo a todos que estaba embarazada? ¿No dijiste que era una zorra? —Pude ver que estaba a punto de llorar, y eso era totalmente fuera de serie para Georgina. Naturalmente, me impactó—. ¿Qué te pasa? Se supone que debes decir "Cállate, gorda" o algo así. ¿Por qué lloras?

—Estoy embarazada.

Mi cerebro se detuvo un momento. Me quedé sin habla. Mi rostro se congeló en una expresión de sorpresa y confusión. Con la boca entreabierta, dejé escapar un suave "¿Eh...?".

Karma. No de la forma "¡Ja, ja! ¡Ahora tú estás embarazada!", sino triste, como "Ay, diablos, ahora tú estás embarazada". Porque, por muy pesado que haya sido para Cindy lidiar con su mamá, a Georgina le va a ir peor con su papá. En su familia son testigos de Jehová. Tocan en la casa los fines de semana y, cuando mi mamá no alcanza a decir "¡No abras la puerta!" y nos obliga a escondernos detrás del sofá, abro la puerta y tomo un folleto. Sé que ni Georgina ni sus hermanos o su mamá van de puerta en puerta, pero los moretones en la cara de su madre me dicen que no importa mucho lo que esta opine. He visto al padre pegarle a Georgina y a su mamá en público, pero nunca le he dicho a nadie, menos a ella. Imagino que sería humillante. Sin importar lo mal que nos llevemos, nunca caería tan bajo. Si así las trata en público, no puedo imaginar cómo será en privado. Es capaz de romperle las piernas si se entera de que está embarazada.

Mi capacidad articulatoria regresa.

—Guau, paya... Georgina, lo siento. ¿Ya les dijiste a tus papás?

No creí que llamarla por el sobrenombre que utilizo para hacerla enojar fuera apropiado en un momento como ese.

Se puso como loca y se le quebró la voz.

—¡No! Me van a matar. Mi papá en serio me mataría. Cuando se enteró que tuve sexo con Joshua, me dio de patadas. Por eso no vine en toda la semana.

Recuerdo haberme preguntado dónde andaba la payasita.

Hubo un silencio incómodo. Odio los silencios incómodos, así que pregunté lo primero que se me ocurrió:

—¿Y sabes cuántos meses tienes?

—Como dos —dijo—. La vez de la escalera no fue la primera. Pero no le he dicho a nadie. Ni siquiera a Joshua. No sé qué hacer. No puedo tener esta cosa.

Y entonces mi querida némesis, mi peor enemiga, comenzó

a sollozar. Nunca la había visto así. Iba en contra de las reglas de la naturaleza, y no sabía qué hacer ni qué decir.

—Bueno, hay otras opciones, supongo. Como darlo en adopción. O, ya sabes, lo otro, si realmente no lo quieres. O sea, si en serio no lo quieres.

Sí, eso pasó hoy. Le sugerí a Georgina que se hiciera un aborto en un receso entre clases. Esperemos que mi mamá no me pregunte si me pasó algo extraño en la escuela porque, ¿qué crees? Esto encabezaría la lista.

Imagino que a Georgina también le pareció una idea extraña, porque su reacción fue gritarme.

—¿Estás loca?

—Oye, no me hables así. Punto. Por la razón que sea, me estás contando y parece que me estás pidiendo un consejo. Solo estoy enumerando tus opciones. No digo que sean buenas opciones, pero son las que tienes. Si no te parecen buenas, ten al bebé y ya. ¿Qué es lo peor que puede pasar? ¿Que tus papás te echen? Te puedes ir a vivir con tu abuela o algo.

O sea, mi abuela no es una pera en almíbar, pero ni siquiera ella me daría la espalda si me volviera una "perdida", como le gusta llamar a las madres solteras.

—No, Gabi, no entiendes. Mi papá me mataría literalmente. En serio, me mataría. O sea, me quitaría la vida. Y perdón por gritarte. Ya pensé hacer "eso otro", pero es homicidio. No puedo hacerlo. No puedo. Y no sé qué hacer. Me siento tan sola.

No tenía otra opción (al parecer), así que lo hice: abracé a mi peor enemiga. ¿Qué iba a hacer? Recuerdo cómo se sentía Cindy. Cómo me sentí yo. Sebastián. Todos. Creyendo que no teníamos a nadie de nuestro lado. Y ahí estaba esta persona, miembro de grupos que nos habían excluido, sintiéndose igual de sola.

—No estás sola. Sé que no nos llevamos bien, pero... no sé. No te sientas sola. Tiene que haber una solución. No se nos ha ocurrido, eso es todo.

Así que la abracé un momento más hasta que empezó a sonar la campana para la quinta clase y las dos ya íbamos tarde. No me importó. Era Álgebra II.

No tuvo que decirme que no le contara a nadie. No era asunto de nadie.

18 de marzo

Georgina tomó una decisión. Me quedé tan impactada cuando me lo dijo, que me ahogué con mi moca *frapuchino*. Me pidió que la acompañara, porque no quería ir sola. No podía negarme (yo lo había sugerido). Le dije que la llevaría. Imagino que tiene miedo y debe estar pensando en mil cosas, como: "¿Me iré al infierno?", "¿Qué pensará de mí el doctor?", "¿Dios me amará todavía?", "¿Y si me muero?", "¿Y si mis papás se enteran?", "¿Y si se enteran en la escuela?", "¿Me voy a arrepentir?", "¿Podré tener hijos después?", "¿Soy una mala persona?", "¿Soy una asesina?". No quisiera estar en sus zapatos.

19 de marzo

Estoy exhausta. Odio ocultarles cosas a mis amigos, y sabía que sospechaban algo. Soy una pésima mentirosa. Encima de todo, mi mamá no me dejó usar el auto porque mi tía Bertha necesitaba ir a la tienda. Ha estado ayudando desde que mamá tuvo al bebé. No pude quejarme, porque entonces no me dejaría salir a ningún lado. Le dije a Georgina en la escuela y se puso histérica. Sin embargo, añadí que había una solución a ese contratiempo.

—Podemos pedirle a Martín que nos lleve. No dirá nada, y puede usar la camioneta de su papá cuando quiera.

Al principio Georgina dijo que no, que nadie más podía saber, pero cuando le expliqué la realidad, pedirle el favor a Martín o no ir, aceptó renuente. Le aseguré que Martín era de confianza y no la juzgaría ni diría nada sobre su decisión. Es buena onda. Así que lo fui a buscar.

Hablé con Martín, se puso serio y pensativo, pero finalmente aceptó.

—Yo las llevo.

Después de la escuela nos fuimos a Stuffix, diez salidas de

la autopista después de dejar Santa María de los Rosales. No hablamos en todo el camino hasta llegar a la clínica. Le pregunté a Georgina si estaba segura, si quería hacerlo.

—Sí. Ya recé por esto —dijo.

Guau. ¿Y eso qué significa? ¿Dios le dio permiso en una visión? ¿Apareció un ángel en sus sueños y dijo: "No te preocupes, haz lo que tengas que hacer"? Fuera lo que fuera, estaba determinada a tomar el control de la situación. Todos nos tomamos de las manos al entrar. Georgina llenó unos formularios y esperamos. Estaba tan perdida en sus pensamientos (ojalá pudiera leer la mente) que la enfermera tuvo que llamarla tres veces antes de que reaccionara. Pensé que sería una sola visita, pero resulta que esta es nada más la primera parte del suplicio. Tiene que volver en dos días para el gran final.

20 de marzo

¡Ay, Dios! Recibí mi primera carta de aceptación. Es de una escuela privada en Orange County a la que casi no aplico. Me alegra haberlo hecho. Le comenté a la señorita Abernard que no creía ser digna de esa escuela. Me dijo que si descartaba aplicar ahí sería una chica muy "tonta".

—Por supuesto que vas a entrar —me regañó—. Solo necesitas asegurarte de pasar Álgebra II. Busca toda la ayuda que puedas de la señorita Black.

Sigo en ello. Esto me da esperanza, porque tal vez me acepten en otras universidades. Incluso Berkeley. Ojalá entre a Berkeley. Sebastián me preguntó si Martín y yo queríamos hacer algo mañana con él y el tipo con el que está saliendo (no quiero ni tocar el tema). Le dije que no podíamos porque tenemos otros planes. Hizo una mueca que quiso decir *mentirosa*.

—Da igual. Si no quieren salir con James y conmigo, solo dilo. No pongas pretextos.

Intenté arreglarlo, pero no salió muy bien. Sí tengo planes. Planeo deshacerme de un bebé no deseado. Solo que no es algo que vaya a decir en voz alta.

21 de marzo

No pude concentrarme en todo el día pensando en lo que pasaría después. Pero apuesto a que lo que yo sentía ni siquiera se comparaba con lo que sentiría Georgina.

En el almuerzo, Martín, Georgina y yo nos fuimos, y ya no regresamos. Es una falta lo suficientemente grande para que cancelen nuestros pases de almuerzo fuera del campus, pero no creo que llamen a nuestras casas porque a) la escuela conoce la situación de Georgina y su padre abusivo, b) Martín nunca se mete en problemas, y su tía es la secretaria, y c) la escuela sabe que he estado deprimida porque mi papá se murió. Con suerte pensarán que por eso me fui. De lo contrario, si llaman a mi mamá necesitaré tener algún pretexto listo. Ni siquiera le dije a Sebastián que me iba a ir en el almuerzo. *Ay.* Ahora seguro va a estar enojadísimo conmigo.

Fuimos a la clínica y le pregunté a Georgina cómo se sentía.

—Penitente —dijo—. Pero he estado hablando con Dios y con mi hijo nonato. Ya les pedí perdón a los dos.

No podía mirarla sin llorar, así que desvié los ojos hacia la ventana. No es que la considere una mala persona. Me siento mal por verla tomar esta decisión, por lo difícil que debe ser para ella. Sé que se siente mal por eso. Realmente mal. Pero no tiene otra opción, o cree que no. Georgina debe tener ovarios de acero para hacer esto. Nunca la había considerado fuerte. Perra, sí. Metiche, definitivamente. Pero ¿fuerte? Nunca. No se me había ocurrido que tomar esta decisión requería fuerza. Estoy segura de que no será el último día que piense en esto. De cualquier manera, ya no hay vuelta atrás. Entró y tomó la segunda pastilla. Le dijeron que podía esperar en un cuarto vacío hasta que saliera todo. Esperamos algunas horas. Mientras, pensé en los poemas que habíamos estado leyendo en clase. Leímos "We Real Cool" (sobre cómo los chicos populares no son tan populares), de Gwendolyn Brooks. Me gustó tanto su estilo, que busqué más poemas suyos en línea. Hay uno que me venía todo el tiempo a la mente, "the mother". Quería dárselo a Georgina para que no se sintiera tan sola, para hacerle saber que hay otras mujeres como ella, pero no pude, y luego todo terminó y la llevamos a su casa. Martín la dejó a unas cuantas cuadras de su casa, porque le iría muy mal si su papá la veía con algún tipo, estuviera yo presente o no. La dejamos, envejecida y sin bebé. Al menos estaba viva. De cierta manera.

26 de marzo

Sebastián estaba realmente enojado porque me fui sin avisarle. Le dije que fue una emergencia femenina y que me tuve que ir. Le dio un poco de asco pero parece que me creyó.

¡Estoy muy feliz porque Ernie llega a casa hoy! Mi hermanito ya respira solo, y el doctor dice que está listo para ir a casa. Esa es la buena noticia.

La mala es que la tía Bertha se va a mudar con nosotros. Permanentemente. La quiero mucho, pero tenerla cerca todo el tiempo —otra vez— va a ser un infierno. Me quejé con mi mamá. Dijo que lo entendía, y que era consciente de que la tía Bertha era *difícil*, pero el hecho de que estuviera dispuesta a mudarse con nosotros y ayudar con Ernie y la casa mientras mi mamá trabajaba compensaba lo difícil (o loca) que pudiera ser. Mi mamá me pidió que fuera paciente, que ella se iba a quedar sola cuando yo me fuera a la universidad, y necesitaba ayuda.

Me sorprendió, porque hasta ahora mi mamá había estado en contra de que me fuera a la universidad. Cuando mi papá murió, se me olvidó por completo que quería mudarme.

¿Cómo podía dejar a mi mamá sola? O sea, Beto está aquí, pero no es lo mismo. A veces da más lata de lo que aporta.

—¿Es en serio, mamá? ¿No te vas a enojar si me voy a la universidad?

Sus argumentos para que no me mudara tenían que ver con el temor de que quisiera ir a puras fiestas y dormir con muchos hombres, y así no debe comportarse una dama. Absurdo. Si quisiera andar de fiesta y tener sexo con muchos, lo haría. Hay suficientes oportunidades aquí en Santa María. ¡Y pensar que esa es la razón por la que las blancas se van de su casa es ridículo! ¿En serio, mamá? ¿Solo las blancas tienen sexo? Permíteme presentarte a mi amiga Cindy, a Georgina, a Tomasa, a Kanisha y a todas las no blancas de mi escuela que ya tuvieron sexo. ¿Y sabes qué? ¡Ninguna está en la universidad! Aunque algunas irán pronto. Por supuesto, me guardo mis pensamientos, porque se enoja si digo cosas así. Su respuesta es siempre la misma: "Actúan de esa manera porque intentan ser blancas".

No se puede razonar con esta mujer.

Y como uno de sus máximos temores es que me vuelva menos mexicana, ha dicho que solo puedo salir de aquí casada. Sin embargo, ahora me está dando su bendición... Desea, incluso, que me vaya. *Guau*.

—La vida es muy corta, mija.

Me fui a mi cuarto a pensar. Me quedé sentada comiendo Hot Cheetos con limón y salsa Tapatío, y una botella de Dr. Pepper (mi comida favorita para pensar), meditando sobre lo que había dicho mi mamá y lo que ha tenido que pasar para que pudiera decirlo. La vida es muy corta. Tengo ejemplos por todas partes para demostrarlo. Mi papá murió antes de los cincuenta. Ernie casi se muere, y es un bebé. El hijo nonato de Georgina ni siquiera llegó a ver la luz del día. Esa sí fue una vida corta. Creo que no tengo ni un minuto que perder. Necesito disfrutarlo todo. Y si eso implica mudarme a la universidad para hacer lo que quiero (no he decidido todavía qué), entonces, eso es lo que debo hacer.

Tal vez.

29 de marzo

Georgina no es la misma, y no la culpo. Creo que se le hace más difícil lidiar con todo lo que siente porque no tiene a nadie con quién hablar. Obviamente, su mamá no es una opción. Si le contara a cualquiera de sus amigas, el chisme correría por toda la escuela. Probablemente la llamarían "matabebés", como hicieron con Samantha, la chica que se graduó hace dos años. Después de la escuela me acerqué y le dije que, si necesitaba hablar con alguien, podía hacerlo conmigo. Me dio las gracias, pero dijo que estaba tratando de lidiar con eso a su manera. No quise presionarla, así que me fui.

En otro orden de cosas, recibí más cartas de aceptación y solo una de rechazo. No me dolió tanto la última porque sabía que era poco probable que me aceptaran en esa escuela.

¡Pero me aceptaron en Berkeley! A mí. A la gordita mexicana. ¡Me aceptaron en Berkeley! Si también aceptan a Sebastián, ¡podremos ir juntos! ¡Ahhh! Lo triste (en lo que no quiero pensar) es que, si eso sucede, Cindy se quedaría aquí sola. ¿Debería sentirme bien por tener la oportunidad de irme sabiendo que ella se va a quedar? Siempre hablamos de ir a la universidad juntas, pero eso fue antes de que Germán la embarazara y tuviera a Sabi (una combinación de Sebastián y Gabi). No quiero pensar en eso ahora. Solo quiero disfrutar el que me hayan aceptado.

Les conté a Beto, a mi mamá y a la tía Bertha sobre Berkeley, y les dio mucho gusto... al principio. Beto dijo que estaba genial, porque así podría mudarse a mi cuarto, que era más grande, y que sería "increíble" visitarme. La tía Bertha no dejaba de hablar, que si el libertinaje esto, que si el libertinaje aquello, como si la libertad solo implicara tener sexo con muchos. Con mi mamá fue más o menos lo mismo. ¿Qué pasó con todo eso de *la vida es muy corta*? Dijo que estaba demasiado sensible para pensar ahora, pero estaba segura de que no quería que me mudara. "Además, no podemos pagarlo". Le dije que a veces ser pobre, mexicana y mujer tiene sus ventajas. "¡El gobierno pagará todo!". Mi mamá me fulminó con la mirada y dijo: "¡Ajá! ¿El gobierno? Tienes mucho que aprender si les crees algo". Luego se dirigió a mi tía Bertha y cambió la conversación. Así de simple. Es lo que hace cuando no quiere seguir hablando de algún tema. Es la solución que siempre tiene a mano.

Yo estaba temblando de ira. Pero, ¿qué iba a hacer? ¿Qué podía decir? Así que me puse a llorar y me fui a mi cuarto. Me acosté en la cama, abrazando patéticamente mi oso de peluche durante una hora, hasta que entré en razón. Me voy a ir con su "permiso" o sin él, y no importa si cree que mudarme me volverá una chica mala o que intento ser blanca. No me importa. Me voy. Pero no se lo voy a decir todavía. Además, estoy segura de que ya lo sabe.

3 de abril

¡El baile! ¡El baile! ¡El baile! Nadie habla de otra cosa. Sí, señor, en un mes los alumnos de la preparatoria Santa María de los Rosales nos vestiremos con nuestros mejores atuendos para ir a la estación de tren más vieja del mundo (no lo es, pero parece), cuyo único propósito es ser, una vez al año, la sede de la bacanal adolescente que se conoce como baile de graduación. Sé que el lugar es de interés histórico por alguna cosa. Mi abuelito me contaba que cada año él llegaba a esa misma estación de tren, junto con un montón de mexicanos más, para trabajar en el campo. Decía que el gobierno de Estados Unidos traía a miles de mexicanos, a quienes daba una pocilga para dormir, un hoyo donde orinar y sándwiches de mantequilla de maní y mermelada, durante los meses que pasaban cosechando. Y luego, al terminar, acarreaban a los trabajadores hasta los trenes y los enviaban de vuelta por donde habían venido. No parecía justo ni equitativo, pero mi abuelo decía que pagaban más que en México, y aun si el gobierno de Estados Unidos todavía le debía dinero, había sido bueno para él. En lo personal, no creo que estuviera bien, aunque ya no importa. El abuelito murió sin que le pagaran esa deuda. Nota mental: buscar el nombre de ese programa. En cualquier caso, la estación de tren es vieja y se está cayendo a pedazos. El comité que organiza el baile trata de promoverla cada año, diciendo que, como es "vintage", le dará distinción a cualquier tema barato que elijan para la fiesta: el mundo submarino, los piratas o la serie *Crepúsculo* (me vomito). Pero, oh, qué pena, no importa cuántas estrellas de mar y conchitas les pongan a las mesas, la estación sigue siendo vieja y se está cayendo a pedazos. Obviamente voy a ir, no importa cuánto critique la decoración. Estoy en mi último año, tengo novio y soy estadounidense. Es mi deber patriótico. He visto las películas. Además, lo admitamos o no, muchos pensamos: "¿Hoy será mi noche de suerte en la parte de atrás de la camioneta de la mamá de mi novio/novia?". O tal vez solo sea yo. De cualquier forma, casi todos van a ir, ¡hasta Cindy! Su mamá dijo que cuidaría al pequeño Sabi esa noche. Casi nunca no lo hace, pero como Cindy ha mantenido sus buenas calificaciones le dijo que estaba bien que saliera una noche a divertirse. Volverá a la escuela a finales de este mes, cuando termina su cuarentena y puede volver sin problemas al mundo real. La molesté diciendo que no le hiciera favores a nadie en el baile porque se podía embarazar. No le pareció gracioso.

He estado trabajando en algunos haikus para Cindy...

Ya no más fiestas
Ya eres del verano
Disfruta ahora.

No más fiestas ya
Va el verano tras tu piel
Disfruta ahora.

Fiestas no más ya
El verano exige piel
Ahora disfruta.

5 de abril

La señorita Abernard invitó a algunos de sus antiguos alumnos a hacer talleres de zines con nosotros. Desde que escuchamos que vendrían universitarios, hemos estado escribiendo como locos para tener algo que mostrarles. Hasta hace un par de semanas, no estaba segura de qué iba a escribir. Pero luego empezó mi periodo, y recordé *esa plática* con mi mamá.

En quinto grado, justo después de que viéramos el video en la clase de salud sobre cómo nuestros cuerpos estaban cambiando, mi mamá decidió enseñarme todo sobre mi cuerpo, aunque ella no fue precisamente la maestra. Después de ver el video, todos estábamos incómodos y salimos del aula con muchas más preguntas. ¿A los chicos también les baja? ¿A ellos también les saldrá pelo *ahí abajo*? ¿Cómo se embaraza una mujer? ¿Puedo hacer algo para que mis senos crezcan más rápido y más grandes? Obviamente no podía preguntarle a mi maestra (la pobre mujer ya se veía bastante ansiosa ese día), y no podía preguntarle a mi mamá. Sin embargo, un día, acostada en mi cama, leyendo *¿Estás ahí, Dios? Soy yo, Margaret*, de Judy Blume (donde obtuve las respuestas que tanto deseaba), apareció mi mamá con *Todo sobre tu cuerpo*, y lo deslizó sigilosamente bajo mi almohada, diciendo: "No se lo enseñes a tu papá", como si mi vida dependiera de ese secreto. Era un libro de salud sobre el cuerpo femenino. Había diagramas y fotos traslúcidas con descripciones de las distintas partes del cuerpo. Esas partes privadas —a las que todos llaman sucias y dicen que siempre deben estar cubiertas— estaban expuestas como lo que eran realmente: partes del cuerpo. Lo mismo que un brazo, el corazón, una oreja o un ojo. Lo que el libro no explicaba era que los cólicos te dejarían tirada en el piso. Ni que sentirías escalofríos tan terribles que querrías dormir bajo el sol. Ni que las toallas sanitarias se sienten como pañales, y vives con el temor de que se salgan por cualquier parte. Ni que los tampones son mucho más complicados de lo que parecen, pero está bien, porque si tu mamá te encuentra con uno probablemente te hará quemarlo y rezar un rosario por tu alma de zorra. Ni que no todos los senos son iguales, no importa cuánta fuerza hagas con los brazos. Ni que todos los cuerpos son diferentes, muy diferentes. Sí, el libro no incluía muchas cosas.

Decidí que mi zine tendría toda la información que ese libro omitió: la verdad sobre el cuerpo femenino, desde el punto de vista de una mujer. Porque, en serio, entre más crezco, más me doy cuenta de las tonterías que decía el libro, a pesar de la estúpida y enorme sonrisa de la niña en la portada. Probablemente ella no había empezado a menstruar.

7 de abril

Extraño mucho a mi papá hoy. Le escribí una carta.

Querido papi:

Te extraño mucho. Todos los días. Algunos dirán que probablemente estés en el infierno porque eras adicto, porque te entregaste a tus vicios y odiabas ir a la iglesia. Pero no estoy segura de eso. Para ser honesta, no sé qué creer. No puedo verte como un ángel vestido de blanco, con alas y un arpa. Ese nunca fue tu estilo. Pero obviamente no quiero imaginarte ardiendo por toda la eternidad. A lo mejor hay distintos niveles en el cielo, y tú estás relajado, comiendo unos tacos y tomando Pepsi. Y sobrio. En realidad, ese sería un buen cielo. Espero que así sea. Algunos días despierto y olvido que ya no estás. Como ayer en la mañana. Estaba acostada en la cama, descansando, y pensé que te había oído silbar, pero era Beto. Fue como sentirte otra vez. Me enojé y casi le digo que se calle, pero creo que debería estar contenta de poder escucharte a través de mi hermano. Eso prueba que no todo está perdido. Por mucho que intente luchar contra ello, Beto se parece mucho a ti: malhumorado, callado y necio. Pero también bueno, leal y muy gracioso. Ay, Dios, como ayer, que le hizo la broma más chistosa y más mala a mamá. Tú sabes que le aterran los ratones. Bueno, llevaba el arroz que iba a cocinar, y Beto dijo: "¡Cuidado! ¡Una rata!", y mi mamá gritó ¡y saltó como tres pies! ¡El arroz acabó en todas partes! Beto y yo (e incluso la tía Bertha) no podíamos parar de reír, aunque a mamá no le pareció nada gracioso. "¡Hijo de tu...! ¡Mira nomás! ¡Qué chistoso! ¡Saca la escoba y empieza a barrer antes de que te dé unos!". Pero Beto estaba envuelto en sus carcajadas y no se podía mover. Entonces, de la nada, mamá se echó un pedo, y ya nadie se pudo contener, ni siquiera ella. Tú también te hubieras reído.

Ernie está creciendo. Te hubiera encantado. Se parece a ti. Tiene las pestañas grandes y rizadas, y las cejas, espesas. ¡Incluso sacó tus orejas grandes! Me da tristeza que nunca te vaya a conocer. Pero me alegra que no tenga recuerdos de ti como adicto. No le deseo eso a nadie. Le contaremos sobre ti, que trabajabas duro, que silbabas, que se te hacían arrugas al reírte y que nos amabas. Algún día le contaremos cómo fue tu muerte. Me parece necesario. Pero no creo que te lo eche en cara.

Te extraño, papi... todos los días. Es difícil creer que no te veré jamás. Si estás en el cielo y tienes alas y el poder de cuidarnos, te pido un gran favor: ¡ayuda a la tía Bertha a conseguir novio! O novia. O algo. Está muy sola y muy enojona, ¡y ya no la soporto! Está peor que una adolescente. Te quiero mucho.

Tu hija,

Gabi

Necesito terminar mi zine. Debe quedar listo para mañana.

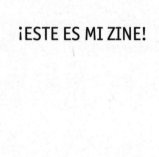

¡ESTE ES MI ZINE!

EL CUERPO HUMANO

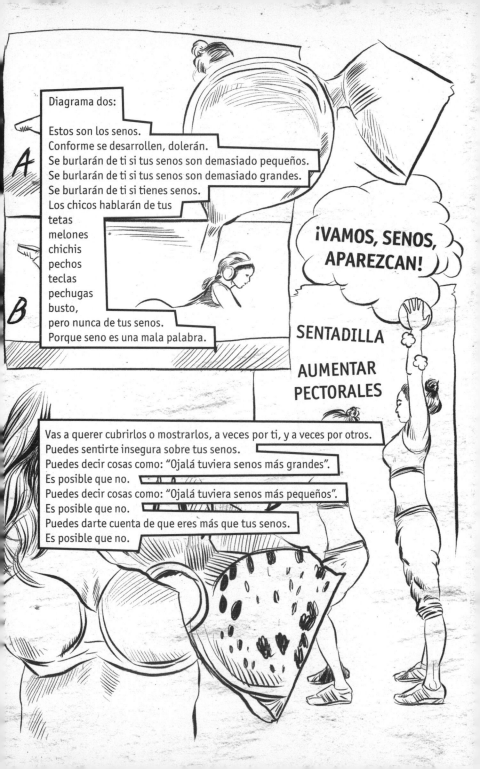

Diagrama dos:

Estos son los senos.
Conforme se desarrollen, dolerán.
Se burlarán de ti si tus senos son demasiado pequeños.
Se burlarán de ti si tus senos son demasiado grandes.
Se burlarán de ti si tienes senos.
Los chicos hablarán de tus
tetas
melones
chichis
pechos
teclas
pechugas
busto,
pero nunca de tus senos.
Porque seno es una mala palabra.

A

B

¡VAMOS, SENOS, APAREZCAN!

SENTADILLA

AUMENTAR
PECTORALES

Vas a querer cubrirlos o mostrarlos, a veces por ti, y a veces por otros.
Puedes sentirte insegura sobre tus senos.
Puedes decir cosas como: "Ojalá tuviera senos más grandes".
Es posible que no.
Puedes decir cosas como: "Ojalá tuviera senos más pequeños".
Es posible que no.
Puedes darte cuenta de que eres más que tus senos.
Es posible que no.

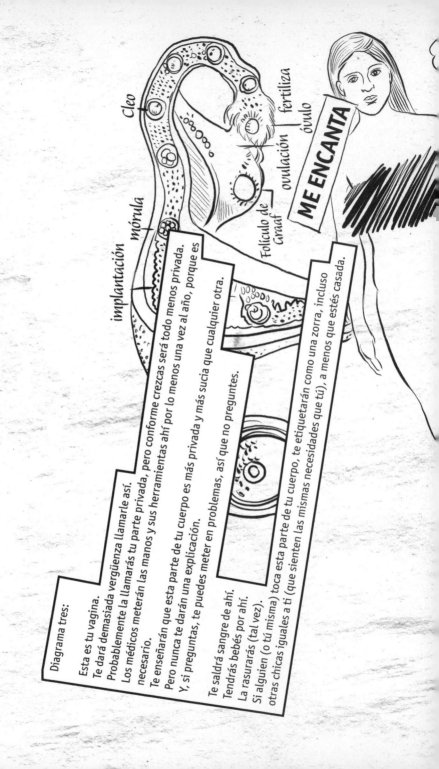

Cleo

implantación

mórula

fertiliza

ovulación

óvulo

Folículo de Graaf

ME ENCANTA

Diagrama tres:

Esta es tu vagina.
Te dará demasiada vergüenza llamarle así.
Probablemente la llamarás tu parte privada, pero conforme crezcas será todo menos privada.
Los médicos meterán las manos y sus herramientas ahí por lo menos una vez al año, porque es necesario.
Te enseñarán que esta parte de tu cuerpo es más privada y más sucia que cualquier otra.
Pero nunca te darán una explicación.
Y, si preguntas, te puedes meter en problemas, así que no preguntes.

Te saldrá sangre de ahí.
Tendrás bebés por ahí.
La rasurarás (tal vez).
Si alguien (o tú misma) toca esta parte de tu cuerpo, te etiquetarán como una zorra, incluso que estés casada, a menos que otras chicas iguales a ti (que sienten las mismas necesidades que tú).

Soñando con libertad

Cabello grueso

Atrévete a cortarlo

¡CORTARLO!
¡CORTARLO!
¡CORTARLO!

Diagrama cuatro:

Este es tu cabello.

La mayoría de las chicas tiene cabello largo.
Tu cabello es largo y tu mamá siempre te obliga a peinarte con una trenza que cae en tu espalda, aunque quieras llevarlo suelto.

Te vas a enojar algunas veces porque tu papá no te deja cortarte el cabello para que no parezcas una marimacha, porque es malo. Y tú intentas no ser mala. Bueno, quizá un poco, nada más para saber cómo se siente. No quieres ser mala.

Así que lo cortas y te das cuenta de lo bien que se siente.

Eres diferente.

Malo no es tan malo.

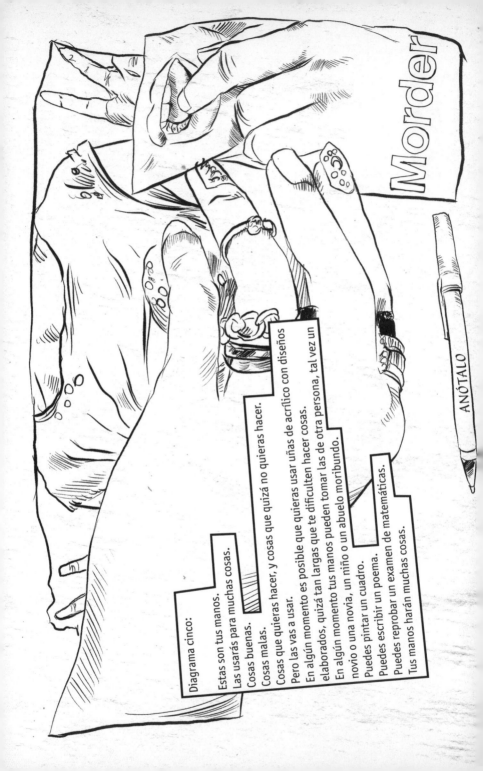

Morder

ANÓTALO

Diagrama cinco:

Estas son tus manos.
Las usarás para muchas cosas.
Cosas buenas.
Cosas malas.
Cosas que quieras hacer, y cosas que quizá no quieras hacer.
Pero las vas a usar.
En algún momento es posible que quieras usar uñas de acrílico con diseños elaborados, quizá tan largas que te dificulten hacer cosas.
En algún momento tus manos pueden tomar las de otra persona, tal vez un novio o una novia, un niño o un abuelo moribundo.
Puedes pintar un cuadro.
Puedes escribir un poema.
Puedes reprobar un examen de matemáticas.
Tus manos harán muchas cosas.

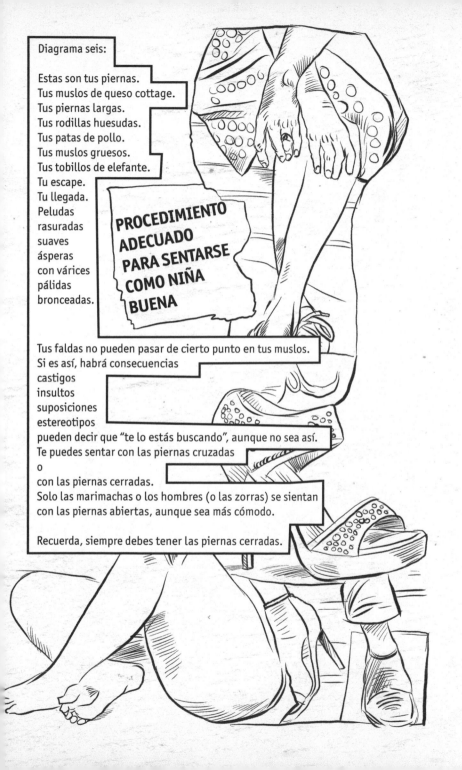

Diagrama seis:

Estas son tus piernas.
Tus muslos de queso cottage.
Tus piernas largas.
Tus rodillas huesudas.
Tus patas de pollo.
Tus muslos gruesos.
Tus tobillos de elefante.
Tu escape.
Tu llegada.
Peludas
rasuradas
suaves
ásperas
con várices
pálidas
bronceadas.

PROCEDIMIENTO ADECUADO PARA SENTARSE COMO NIÑA BUENA

Tus faldas no pueden pasar de cierto punto en tus muslos.
Si es así, habrá consecuencias
castigos
insultos
suposiciones
estereotipos
pueden decir que "te lo estás buscando", aunque no sea así.
Te puedes sentar con las piernas cruzadas
o
con las piernas cerradas.
Solo las marimachas o los hombres (o las zorras) se sientan
con las piernas abiertas, aunque sea más cómodo.

Recuerda, siempre debes tener las piernas cerradas.

Diagrama siete:

Esta es tu boca.
Está conformada por
dientes
labios
lengua
encías
saliva
ruido
groserías
palabras húmedas
palabras dulces
palabras amargas
disecadas
palabras sofocadas
palabras duras, rudas, de sabor desagradable.

Lo que sale de tu boca puede condenarte.
Así que cuida tu boca más que nada.

Suelta risitas que sean dulces, y guárdate tus pensamientos,
eres una chica, habla adecuadamente.

Pero tal vez…

Olvidarás todo esto y aprenderás a hablar y a pensar y a convertirte en
una mujer.

Y piensa pensamientos que cambien lo que salga de tu boca.
Pensamientos como:

Si las palabras son nuestras armas, debemos preguntarnos por qué
usar palos y piedras cuando tenemos tanques disponibles.

Y tú sabrás cómo responder.

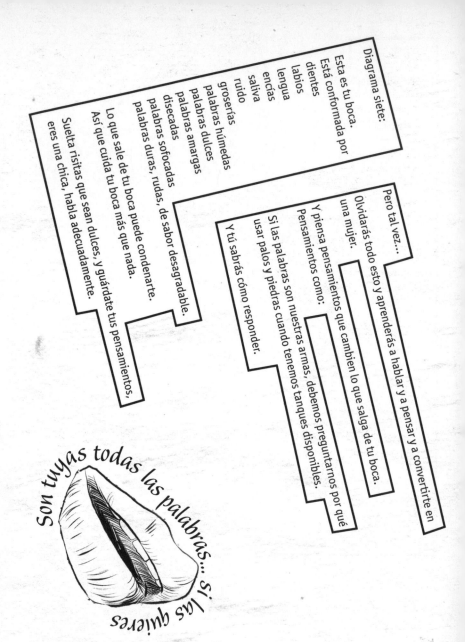

Son tuyas todas las palabras… si las quieres

Creado por
Gabi Hernández

8 de abril

A la señorita Abernard le encantó mi zine, pero dijo que no podía compartirlo con la clase porque la metería en problemas... seguro por promover el razonamiento crítico en lugar de prepararnos para algún examen estatal o cualquier otra ridiculez de las que se inventa nuestro distrito escolar. Sé que estaba de acuerdo con lo que yo quería decir, sin embargo, no quise arriesgar su trabajo. Así que pronto haré otro zine sobre una de mis comidas favoritas entre las favoritas: los tacos. Saben igual que un coro de cien ángeles cantando a Bob Dylan sentados sobre un arcoíris y tocando banjos. Pedacitos de cilantro y cebolla. La perfecta salsa verde o roja. Delicioso. Esas pequeñitas tortillas abrazando trocitos delicados y perfectamente sazonados de cerdo o res. Se me hace agua la boca de solo pensarlo. Ya empecé a escribir los haikus, y estoy segura de que mi zine de tacos será divertidísimo.

Les mostré mi zine del cuerpo femenino a Cindy y a Sebastián, y les gustó. Aparentemente, no eran conscientes de que me había convertido de pronto en un genio creativo. Bueno, eso no fue lo que dijeron. Sus palabras fueron más bien:

—No sabíamos que fueras así de creativa.

—Yo tampoco —respondí con modestia.

Supongo que me he sentido más creativa recientemente. Mientras más escribo, más ideas tengo, y más ganas de compartirlas. Martín se impresionó. Lo que más me gustó de su respuesta fue que nunca había pensado en el cuerpo de una chica como yo lo estaba describiendo. Misión cumplida. ¡Dame cinco, Gabi! Quería que el zine hiciera a la gente pensar sobre la manera en que se educa a las chicas para que vean su cuerpo de cierta manera, y sobre quién decide cómo pensamos al respecto. Por ejemplo, dijeron que Cindy era una zorra y la criticaron por tener un bebé tan joven, pero nadie tuvo a mal que mi mamá se embarazara porque era una adulta, aunque estuviera en una pésima situación. Quería que le gente reflexionara sobre cómo nos crían para creer que es nuestro deber y responsabilidad proteger nuestro cuerpo, y si algo sale mal es nuestra culpa, aun en casos de violación. Eso tiene que cambiar. ¿Por qué Georgina tuvo que tomar esa decisión sobre su bebé, y luego vivir con la culpa y el miedo a ser descubierta, etiquetada como una zorra y una matabebés, mientras Joshua Moore vive tranquilamente como si nada hubiera pasado, como si él nunca casi hubiera tenido un hijo? O sea, Georgina también lo ayudó a él, ahora ya no tiene una *responsabilidad* y es libre de jugar balompié o luchar contra osos, o hacer lo que se le ocurra para conseguir su beca en la universidad. Y ella es quien vive consumida por la culpa. Me enoja. ¿Por qué somos nosotras las que acabamos jodidas? Amo a Martín, pero la primera vez que lo besé se sorprendió. Lo mismo que Eric. No me molesta, en verdad. Bueno, un poco sí, porque si él me hubiera besado habría sido lo más natural y yo no me hubiera sorprendido en lo absoluto. Hubiera pensado: "¡Genial! Así debe ser". ¿Por qué? De eso trata mi zine.

Lo leí en la cafetería y al público pareció gustarle. Después, Martín y yo nos quedamos un rato intentando distribuir nuestros zines. La primera persona que se me acercó preguntó: "¿Cuánto cuesta?". No estaba preparada para eso. Había pensado en distribuirlos gratis. Los universitarios probablemente habían dicho que podíamos venderlos justo cuando Martín, Lindsay y yo estábamos jugando. "$1.50", fue lo que salió de mi boca. Junté $15 y Martín $12. Ya somos poetas publicados. Más o menos.

11 de abril

Hoy, la señorita Howard, nuestra maestra de literatura, asignó grupos para un proyecto de poesía: escribir una épica burlesca. De inmediato la gente empezó a quejarse. Secretamente, yo estaba encantada con la tarea. Lo único malo es que teníamos que trabajar en grupos. A la mayoría de los alumnos no les gusta escribir poesía, y como saben que a mí sí, van a esperar que yo me encargue de todo. Asco. La señorita Howard tuvo esa gran idea después de que leyéramos "El rizo robado", de Alexander Pope, que trata sobre un tipo que le corta un mechón de cabello a una mujer. Esperé a ver qué grupo me tocaba (porque, claro está, no podemos escoger por nosotros mismos), y terminé en un equipo con Sarah, Ian y José. Es bueno y malo a la vez. Es bueno porque nos llevamos bastante bien y son de los pocos que van bien en la clase. Lo malo es que Ian es guapísimo. Estoy hablando de superguapísimo. Es magma derretido brotando de un volcán, y yo soy Pompeya. Y me hace sentir culpable, porque tengo un novio superlindo y superdulce. Estoy segura de que Martín cree que otras chicas son candentes también, pero no está en un grupo con ellas. Por lo menos, no que yo sepa. Tal vez sí, o lo ha estado, y yo ni me enteré. Me pregunto a quiénes considera guapísimas. Ya, Gabi, no pienses en eso. Te vas a volver loca y no eres la clase de novia errática. ¿O sí? ¡Ahhh! ¿Qué me pasa? Me voy a sentar, voy a comerme unas cuantas de mis galletas de Girl Scouts, releeré el poema de Pope, tomaré notas y luego voy a correr. Sí. Ese es mi plan. Gabi, fuera.

13 de abril

¡Ernie está enorme! No puedo creer lo rápido que crecen los bebés y cuánto comen. Es un bebé muy dulce. No es como esos bebés molestos que lloran todo el tiempo. Parece un osito de peluche gordo y moreno, y me encanta cargarlo y apachurrarlo y besar su pancita de bebé. Creo que Beto está un poco celoso, pero sé que lo ama. Juega con él y lo carga todo el tiempo, aunque la tía Bertha diga que no es bueno, porque si cargas demasiado a un bebé no aprenderá a ser independiente. Pero es tan difícil no hacerlo. O sea, ha sido un año pesadísimo y él nos recuerda que también hay cosas buenas en la vida, lo que pone todo en perspectiva y nos hace sonreír.

Si bien se tambalea en el límite entre ser una vieja católica excéntrica y una zelota extremista (zelota es la palabra de la semana, la aprendimos en nuestra clase de gobierno, cuando debatimos sobre el papel de las creencias religiosas en los ataques del 9/11), me alegra que mi tía viniera a vivir con nosotros. Mi mamá necesita a alguien cerca, y ya se llevan mejor, aun cuando no estén de acuerdo en muchos puntos, sobre todo en religión. Pero, mientras no hablen (hablemos) de Dios y de su plan para cada uno de nosotros —un plan que aparentemente no incluye usar pantalones ni escuchar rap (creo que Lupe Fiasco me va a llevar hasta los pasillos del infierno)—, estamos bien. La tía Bertha es una persona complicada. Sé que era (¿es?) una especie de bruja o curandera. Y de cierta manera, tiene sentido, aunque ser bruja parece contradecir su condición actual de mensajera de Dios, tanto como acostarse con su exmarido, casado ahora con otra. Además, la tía Bertha es una cocinera fantástica, casi siempre mejor que mi mamá. Quizá no debería escribir eso, pero es la verdad, y mi mamá siempre insiste en que digamos la verdad todo el tiempo, sin importar lo que sea. Así que lo dejaré escrito. De cualquier forma, la tía Bertha prepara las mejores gorditas del mundo. Cuando llegué a casa de la escuela, había preparado esos deliciosos paquetitos de masa, rellenos de chicharrón en salsa roja, así que acabé con manchas rojas y pedacitos de chicharrón en mi playera, pero no me importó. Todo por la fiesta que tenía en la boca. Me serví no dos, sino tres veces. Estaban tan buenas...

Me arrepentí de inmediato después de que hablé con Cindy por teléfono. Llamó para ver si quería acompañarla a comprar un vestido para el baile, que es este fin de semana. No quedaba mucho tiempo y no tenía idea de lo que se iba a poner. ¿Cómo se supone que voy a caber en algún vestido que no sea apto para una vaca, después de toda esta comida? ¡Ahhh! En todo caso, quedamos en ir el sábado.

14 de abril

Ian me mandó un mensaje hoy en la mañana: "¿Puedes llegar a mi casa un poco más temprano el sábado?".

Ignoré el mensaje. Lo borré. Si no lo tenía, era como si no lo hubiera enviado, ¿cierto? Pues no. Me estaba esperando parado en la puerta de la clase de la señorita Howard.

—Hola. ¿Recibiste mi mensaje?

—No —negué con la cabeza—. No he recibido mensajes hoy. Solo uno de mi mamá, para que no se me olvide pasar por la tienda después de la escuela. Creo que quiere que compre fórmula porque mi hermanito toma mucha leche. Una botella en la mañana, y luego parece que toma otra casi cada hora. Ya sabes cómo es.

No, no sabe cómo es, Gabi, porque Ian es hijo único, a menos que cuentes a su hermanastro mayor, Dylan, quien es, por cierto, igual de guapo. Así que, no, no sabe ni necesita saber los pormenores de la alimentación de un bebé. Con gusto me hubiera dado una bofetada yo sola.

Podía sentir cómo se enrojecían mis mejillas, porque soy una pésima mentirosa y me pongo roja cuando miento, además de empezar a sudar y hablar mucho, demasiado.

—Ah, bueno, quería saber si puedes ir a mi casa como a las 8:30. Quiero hablar contigo de algo. No es nada importante, pero pensé que podrías.

—Claro. Creo que puedo... si me despierto. ¡Ja!

Fue como si alguien dijera: "¡Venga el sudor!". Sentí que se empezaba a humedecer mi frente.

Para empeorar las cosas, Martín pasó mientras estábamos hablando. Me dio una tarjeta, un beso en la mejilla y se fue de vuelta a su clase de gobierno.

Leí la tarjeta en la clase. En la portada decía: "Oh, mi amor es como una rosa roja, roja / recién nacida en junio", los primeros dos versos del poema "Una rosa roja, roja", de Robert Burns. Y en el interior de la tarjeta, Martín había ilustrado el poema. Después de leerla, me sentí todavía más como una idiota por haber pensado que Ian era guapo.

16 de abril

Dado que soy una idiota, fui a casa de Ian más temprano, como me pidió. Llegué a las 8:35, aunque había estado despierta desde las 6:00, intentando descifrar de qué quería hablar conmigo. Hice una lista:

a) Podría querer ayuda para comprender qué es una épica burlesca, y no quería preguntarme delante de los demás.

b) Quería practicar su español, porque se va a Perú en el verano.

c) Ian, sabiendo que tengo un amigo gay, pensaría que lo comprendería mejor que nadie, y quería salir del clóset conmigo.

d) Era un panadero ávido, y sabía que me gustaba comer, así que quería darme a probar una nueva receta de magdalenas de chocolate en la que había estado trabajando.

e) Le parecía bonita y quería decírmelo.

Me reí con la última, porque difícilmente soy su tipo. ¿Una nerd mexicana, gorda y chaparra? A él deben gustarles las chicas altas, rubias y atléticas. Lo más probable es que tuviera que ver con comida o español.

Cuando llegué a su casa, me quedé en shock. Ian es rico. Rico de verdad. La casa de sus padres es inmensa y moderna. Tenías que manejar como una milla para llegar a la puerta principal, y luego una persona (¿sirviente? ¿mayordomo?) te abría la puerta. Fue raro e incómodo. El sirviente/mayordomo me llevó al cuarto de Ian (más bien, departamento), que estaba separado de la casa y tenía su propia entrada. Cuando el mayordomo/sirviente tocó en la puerta para avisarle que tenía visita (a diferencia de mi casa, donde mi hermano grita, "¡Eh, Gabi! ¡La señorita madre adolescente (si es Cindy), o el novio imitador de Shakespeare (si es Martín), o el señor me estaciono de reversa (si es Sebastián), te vino a ver!"). Ian abrió la puerta... ¡sin playera! De inmediato, cosa incómoda, me derretí y jadeé en voz alta. Era obvio que Ian hacía ejercicios, y no se veía como cualquier otro adolescente normal. ¡Hasta tenía un tatuaje en el pecho! Un estúpido y tarado tatuaje con el nombre de la preparatoria y nuestra mascota (un caballo), pero seguía siendo un tatuaje. Me quedé ahí, imaginando cómo se sentiría la piel de su pecho, cuando su voz me sacó de mi ensueño.

—¡Eh, viniste! —sonrió, y se puso una playera.

Me pregunto si sabe lo sexy que es, y si planeó todo eso solo para incomodarme.

—Sí —dije, y miré alrededor. Su "cuarto" tenía una recámara, un gimnasio, un baño y una salita. ¡Tiene una maldita sala! No podía creerlo. Yo siempre he querido una salita. Sacudí la cabeza y me reí un poco.

—Y entonces, ¿de qué querías hablar?

Ahí fue cuando mi mañana dio un giro cómico.

—¿Por qué no te sientas aquí? —dijo, y dio golpecitos en la cama. ¡Golpecitos en la cama! Como si estuviera llamando a un perro.

Parecía una escena de una película barata para adolescentes, donde el tipo está a punto de convencer a una pobre chica inocente a tener sexo con él, diciéndole que es muy bonita y apartándole después un mechón de pelo de su rostro. Y la estúpida le cree, aunque sospecha que el tipo guapo solamente busca una cosa que está en sus pantalones, pero de alguna manera tiene la certeza de que ella es diferente. Él no podría ser así. Es demasiado lindo y demasiado sexy. Énfasis en *sexy*.

Después de saber todo eso gracias a incontables horas mirando películas baratas para adolescentes, todavía fui y me senté en la cama.

—Sé que tienes novio y todo, pero creo que eres extremadamente hermosa y de verdad me gustas. Quería decirte que mereces más que Martín.

Y mientras ponderaba por qué se consideraba mejor que Martín, y me perdía más y más en el mar cerúleo de sus ojos, que me atraían, ambos, a sus profundidades... el idiota lo hizo. Quitó un mechón de mi rostro, y me besó. Tengo que ser honesta conmigo misma, pues este diario es el único lugar donde puedo serlo por completo: yo también quería besarlo. Tal vez lo hice. Un poco, para ver a qué sabía. Mi cuerpo lo quería. Lo necesitaba. Desesperadamente. Podía sentirlo en todas partes, en mis codos, en mi pecho, entre mis piernas, en los dedos de los pies.

Aun así, como la buena semicatólica que soy, la culpa me consumió de inmediato, y me imaginé al pobre de Martín mirándonos como un fantasma triste, recordándome mis malas obras. Eso hizo que me alejara. Rápido. Casi estuve tentada a limpiarme los labios, pero no lo hice.

Respiraba con fuerza.

—Eh... mira... tienes una impresión equivocada de mí —logré decir—. Tengo novio. Y me ama. O sea, eres muy guapo, pero no me gustas de esa manera. Lo siento.

—¿Es en serio? —Su rostro perdió un poco de su atractivo. Me di cuenta de que era quizá la primera vez que su truco de quitar el cabello del rostro no funcionaba. Se puso rojo, y era evidente que estaba molesto y avergonzado.

—Sí, mira, es un malentendido nada más. No pasa nada. Me halagas, pero deberíamos arreglar todo, porque los demás no tardan en llegar y no quiero que se hagan ideas de algo que no pasó. Por favor.

—Claro. Como sea.

Después de eso, toda la mañana fue muy incómoda, aunque logramos avanzar en el proyecto. Cuando ya me iba, Ian se disculpó. Le dije que todo estaba bien, que no se preocupara, que mejor hiciéramos como si nada hubiera pasado. Y sí pensé que estaba bien, pero me he sentido culpable todo el día. No le quiero decir a Martín, porque no creo que sirva de nada, más que para herirlo por algo que fue una tontería. De lo que me siento culpable es de que me gustara el beso de Ian. Fue un beso muy distinto de los que he compartido con Martín, e incluso con Eric. Fue intenso. La mañana entera fue intensa. Ya no quiero pensar en ello. Me voy a bañar.

Más tarde...

Acabo de regresar de salir con Cindy. Nos la pasamos muy bien, y el pequeño Sabi se portó de maravilla. La gente no dejaba de mirarla, e incluso escuché a una mujer decir: "Otra madre adolescente. Ay, su pobre mamá, por lo que debe estar pasando. No sé por qué las chicas de hoy no saben mantener las piernas cerradas". Tenía tantas ganas de decirle: "En su época, señora, encerraban a las jóvenes embarazadas. O peor, las obligaban a casarse, condenándolas a ser miserables el resto de su vida". Pero no quise arruinar una tarde tan agradable. Después de buscar el vestido perfecto durante largo rato, que pareció mil años, Cindy terminó comprando el primero que se había probado. Tristemente, debido a mi peso fuera del promedio, yo no encontré nada. Ninguno de los vestidos que me gustaban estaban disponibles en tallas extras: solo había en tallas de "me limito a una gordita" o "solo como lechuga". Esa es la razón principal por la que odio ir de compras.

Cuando llegué a casa, mi mamá me preguntó cómo nos había ido, y le dije que Cindy había encontrado un vestido bonito, pero yo no, porque estoy gordísima. Dijo que no estaba gordísima, pero que no me haría daño perder un poco de peso. *Gracias, mamá*. Dijo que mi madrina Sylvia conocía a una costurera, y que eso sería mucho más barato que comprar en alguna tienda. Me sentí mal, porque sé que ha estado trabajando dobles turnos en la cocina del hospital, y a duras penas nos alcanza. Aunque mi papá gastaba la mayor parte de su dinero en drogas, aportaba algo, y sí hacía la diferencia. Ahora ya no está y hay dos bocas más que alimentar: Ernie y la tía Bertha. Yo tengo un poco de dinero ahorrado. Parte me la gané limpiando la casa de Rosemary, y el resto de lo que me han regalado en mi cumpleaños. Sin embargo, queda muy poco (la mayoría se fue en Thin Mints, Caramel Delites y las aplicaciones para la universidad), y necesito guardarlo si me voy a mudar. Además, ya no voy a limpiar la casa de Rosemary porque sus hijos la enviaron a un asilo y están intentando vender la casa. No pude creerlo. Ni siquiera sabía que tuviera hijos cerca, porque nunca iban a visitarla. El último día que fui a verla me dio unos moldes para pais y una caja de novelas románticas (muy eróticas). No sabía que la viejita fuera así. La voy a extrañar mucho. Mis opciones para el baile escaseaban, así que le dije a mi mamá que iría con la costurera. Mañana haré mi primera visita a ese portento de costurera… en Tijuana. *Bla*.

17 de abril

Tijuana fue aburridísimo. Como siempre. Pero volveré el próximo fin de semana para recoger el vestido. Rojo y negro, a media pantorrilla. Muy de los años sesenta. Muy lindo. Muy barato. Muy grande. Muy yo.

19 de abril

La Pascua llegó y se fue, y ni siquiera me di cuenta. Desde que Beto y yo dejamos de ir a buscar huevos, perdí el interés. Obviamente no somos muy católicos, pero me hubiera gustado saber qué día fue. Pensé que mi tía Bertha nos iba a recordar, pero no. Ni siquiera fue a la iglesia. Ha estado un poco rara. Rara hasta para ser ella.

Mi papá y mi tía solo se llevaban unos años. Sé que fueron muy cercanos de chicos. Mi papá nos contaba sobre los novios que le había espantado aventándoles piedras o echándoles a los perros accidentalmente (eso fue antes de que todos pensaran que era bruja). A él le parecía de lo más gracioso, pero a la tía Bertha, no. Mi papá hacía los cuentos con tanto entusiasmo. Se paraba y hacía como los novios. Es extraño que olvidara esa parte de mi papá y la reemplazara totalmente en mi memoria con imágenes de un hombre harapiento que se aferraba a la vida con las manos callosas y las uñas sucias. Necesito recordarme que fue mucho más que eso. Porque es cierto. De las anécdotas que contaba, mi favorita era cuando estaba cruzando la frontera con mi tío Isauro y los agarró la policía de migración, pero solo porque mi tío tenía tanta hambre que se había comido unos mangos calientes con chile y le había dado chorro. Mi papá se atacaba de la risa describiendo la escena.

—Era verano y hacía un calor tremendo en las celdas de la

migra. ¡A todos nos sudaban las pelotas, y tu tío Isauro ya no podía soportarlo! Les empezó a gritar a los guardias: "¡Hace un pinche calor! ¡Déjennos salir! ¡No sean animales!", pero obviamente nadie le hacía caso. Así que tu tío se empezó a quitar la ropa, ¡y acabó en cueros! Algunos se rieron, otros dijeron que era un cochino, pero a tu tío le valió. Estuvo ahí, en el piso, abanicándose, hasta que nos soltaron.

Para cuando terminaba de contar la historia, me dolía el estómago de las carcajadas. Mi mamá odiaba que contara esa anécdota. Era su hermano menor, después de todo. Pero a mí me encantaba.

Creo que la tía Bertha no ha podido aceptar que mi papá ya no está. Su fe le dice que mi papá está en el infierno por la vida que llevaba. No fue el mejor padre, tuvo varios vicios, técnicamente se quitó la vida, y no iba a misa. Su Dios —el Dios de su iglesia— no perdona fácilmente, y castiga más de lo que ama, a diferencia del Dios que conocemos por mi mamá. Es posible que la tía Bertha no acepte la idea de que no se reunirá con mi papá después de su muerte, y que este se encuentre sufriendo entre las llamas su condena eterna. Es una imagen horrible. Lo bueno es que yo no creo eso. No puedo. Prefiero creer en la opción igualmente improbable de que mi papá se haya transformado en una entidad etérea con poderes tétricos de espía, y ahora no tenga otra cosa que hacer que velar por su familia y asegurarse de que tomen mejores decisiones que él.

21 de abril

Hoy, en el almuerzo, Georgina se acercó y me dio las gracias. Me dijo que no me preocupara, que había sido por algo bueno y que yo había hecho lo correcto. Me tomó por sorpresa, porque Cindy y Sebastián estaban conmigo cuando se acercó. Cuando se fue, tenían un montón de preguntas al respecto. Y como no sabía qué decir, y soy una pésima mentirosa, inventé una historia sobre que se le habían caído encima un burrito y unos frijoles, y yo la había ayudado a limpiarlo con jabón en el baño de las chicas hacía unas semanas. Finalmente confesé, dije que no podía contarles y les pedí que, por favor, no me preguntaran.

—Miren, no me gusta ocultarles nada, pero esto no es asunto mío. Es cosa de Georgina, y no era mi plan ayudarla, solo se dio.

Discutimos un poco, porque odian que me calle cosas. Sobre todo, si involucraban a la payasita. Al final, accedieron a dejar el tema, aunque se notaba que seguían molestos conmigo. Ni modo. No había nada que pudiera hacer. Cambié la conversación y les pregunté por el baile, qué nos íbamos a poner y dónde íbamos a cenar. Elegimos un restaurante francés (que tiene postres deliciosos) y decidimos olvidarnos de la limosina. Por lo menos, para Martín y para mí. Y para Cindy. Todos teníamos poco dinero, y prefería gastar el mío en postres elaborados y no en un estúpido auto ridículamente largo.

22 de abril

Carajo. Chingada madre. Demonios. Ian es el rey de los imbéciles. Le dijo a Martín lo que había pasado en su casa. Y seguramente añadió cosas que no son ciertas, y omitió cuando le dije: "Gracias, pero no, gracias". Después de la escuela Martín vino a mi casa y solo me preguntó si era cierto, así que tuve que contarle lo que pasó. "No puedo creer que me hicieras esto", fue todo lo que dijo antes de irse en su camioneta. Y parecía que había estado llorando. *Ay*. Genial, hice llorar a un chico. Ya puedo tacharlo de mi lista de "cosas que hacer para asegurar tu reputación de peor novia de la historia". Me sentía mal, pero Martín me hizo enojar porque el muy idiota no me dejó contarle lo que había pasado en realidad. ¿Por qué la vida es tan complicada? ¿Por qué no podemos besar a quien queramos cuando se nos dé la gana? ¿Por qué hay tantas reglas? ¡Ahhh! ¡Odio mi vida! Esto va acompañado de sonidos de adolescente sollozando.

HAIKU PARA ROBERT BURNS

Burns, tenías razón.
Amar es una rosa.
Cuántas espinas.

Fui a correr, pero el helado que me comí después me ayudó mucho más.

23 de abril

Aun cuando creo que ya no iré al baile, tengo que recoger el estúpido vestido que hizo esa estúpida costurera.

Supuestamente, la amiga de Silvia sabe cómo hacer vestidos que te hagan parecer una reina. Al menos, eso fue lo que dijo Sylvia. El problema es que vive del otro lado de la frontera, y las reinas no viven ahí. Al menos, ninguna a quien me quiera parecer. Tijuana... el único lugar de México que visita la gente de World Vision. Me encanta México. Un año, cuando nos iba excepcionalmente bien y mi papá no gastaba todo su dinero en drogas, nos fuimos de vacaciones a Guanajuato. Fue hermoso. Tanta historia, tanta cultura, tanto helado de limón que vendían por todas partes en cubetas de madera. Recuerdo que le pregunté a mi mamá si podíamos vivir ahí... Pero no en esa ciudad fronteriza, Tijuana, ese agujero en el infierno creado por Estados Unidos, con su reja para enjaular a la gente como si fueran animales (humillación visible que le hace saber a todo el mundo quién está al mando). Es la primera impresión que tiene la gente cuando deja el país. Y de ahí viene mi vestido para el baile. Nunca tuve muchas esperanzas. Sin embargo, resultó más deprimente y decepcionante de lo que pude haber imaginado: mi vestido era una representación perfecta de la frontera.

Lucha, la costurera mágica, cosía en una casa que olía a gatos y a humo de cigarro. Pero no había gatos y ella juraba que había dejado de fumar. Por supuesto, era mentira. Ninguna casa podía oler tanto a cigarro sin que alguien fumara por lo menos una cajetilla al día. Cuando llegamos a su muladar, dijo que el vestido no estaba listo.

Sylvia estaba enojadísima.

—¿Para qué te pagamos si no iba a estar listo?

Buena pregunta. Pero no había nada que pudiéramos hacer, como no fuera irnos de compras mientras Lucha terminaba de darle los últimos toques al vestido.

Fuimos a El Centro Comercial. Había pequeñas tiendas de ropa, peleterías, tiendas de lencería, tiendas de regalo y muchos lugares donde comer.

—¿Tienes hambre? —me preguntó Sylvia.

¿El Papa es católico?

Nunca le preguntes a una gorda si tiene hambre. Tiene hambre. Siempre. Aunque no la tenga, la tiene, porque la comida es segura y manejable y relajante y salada y dulce y no te grita ni te hace sentir mal, a menos que te estés probando ropa. Comimos en Tac's. Como siempre. Tac's es una tradición cada vez que vamos a Tijuana. Es lo único que me gusta de ese lugar. Tacos, huaraches, sopes, tortas y gorditas. Ahí solo sirven lo imprescindible. Me acerqué a la caja y pedí lo de siempre:

—Un huarache de asada y dos tacos de buche.

Me dispuse a esperar, con ansias, mi platillo con carne del costado de una vaca muerta y esófago de cerdo, y entonces sucedió...

—¿Estás segura de que te quieres comer todo eso?

Arruíname el momento. El parrillero, que pesa unas 200 libras más que yo por lo menos, me quiere dar consejos sobre nutrición.

—Sí —dije, y sentí que se me encendía el rostro.

¿Qué más podía decirle? Tal vez "Lo siento, gordito, ¿te parece demasiado? ¿No te va a sobrar para que comas más tarde?". Me comí mi huarache y los dos tacos de buche en silencio. Para rematar la tarde tan agradable, recogimos cosas inmencionables en Mirdyss, una tienda favorita entre las mujeres mexicanas de mediana edad. Es famosa por sus sostenedores y ropa interior que levanta, mete, separa, esconde, aprieta, estira y aplana todo lo que necesite levantar, meter, esconder, apretar, estirar y aplanar... tan dolorosamente como sea posible. Sylvia escogió para mí un sostenedor blanco con tirantes de una pulgada y media, que esconde la grasa de la axila y la lleva al frente. Resultado final: senos puntiagudos. Armas letales. Si alguna vez decido usar esos instrumentos de tortura medieval, me colgaré un letrero al cuello que diga: "Cuidado con los senos" o "Peligro: posibilidad de empalamiento". Pero mejor lo quemo al rato y evito una lesión.

Cuando volvimos a la casa de Lucha, ya había acabado el vestido. Me lo probé y me quedaba muy apretado. Tal vez fueron los tacos, o quizá el huarache, o es posible que Lucha fuera la peor costurera del mundo. Cuando vio que no cerraba, soltó una risita y dijo: "Tenían prisa". Me enfurecí. No solo me quedaba chico, sino que estaba mal cortado. Fácilmente podía ganar el concurso de la piñata más bonita del mundo.

—Pues, es que estás medio gordita, mija —dijo Lucha cuando vio mi cara.

Sylvia intervino antes de que le metiera un rollo de satín por la boca. Las dos estábamos enojadas. Nos fuimos de su casucha con olor a gatos que no existían y a cigarros que nadie fumaba, y del país, de vuelta a Estados Unidos tan rápido como nos llevó el Ford verde aguacate de Sylvia.

Yo solo quería una hamburguesa, dos bolas de helado de piña con coco y Rocky Road, Hot Cheetos con limón y salsa, una inmensa barra de chocolate amargo, un taco o una torta de carne asada (o las dos cosas), un poco de carne seca. Cualquier cosa. De camino a casa pensé en todas las cosas que me comería cuando dejáramos atrás a los niños malabaristas, a los vendedores de fruta, a los que te ofrecían cobijas por veinte dólares, a los inválidos, a los mutilados y a la población empobrecida que nos despedía de México lindo y querido.

25 de abril

Hoy intenté hablar con Martín en la escuela, y dijo que necesitaba un poco de tiempo para pensar, que pasaría por mi casa en la tarde. Debe llegar en cualquier momento. Entre más lo pienso, más me desespero con Martín. Está bien, tal vez quería que Ian me besara. Pero Martín no lo sabe, entonces, ¿por qué demonios está tan enojado? Ya, que lo supere.

Más tarde...

Resulta que Ian es más imbécil de lo que pensé. Le dijo a Martín que yo le había pedido llegar a su casa antes porque tenía algo que mostrarle, y me le había echado encima sobre la cama y lo había empezado a besar. La próxima vez que lo vea le voy a dar una patada en las pelotas. Al menos, le voy a poner un traspié. O quizá solo lo desmienta en público porque, seamos realistas, fuera de la vez que le di una bofetada a Georgina por hablar mal de mi papá, nunca le he pegado a nadie.

Le conté la verdad a Martín (bueno, casi todo). Le dije que le había dicho a Ian que no estaba interesada, y que él se había ofendido. Luego Martín se disculpó por haberme considerado capaz de hacer algo así, pues sabía que yo no era esa clase de persona y había exagerado. Le di la razón. Pero ahora me pregunto qué quiso decir con *esa clase de persona*. Me siento culpable otra vez porque tal vez sí soy *esa clase de persona*. Ay, Dios, ¿qué me pasa?

29 de abril

Mi mamá me sorprendió hoy. Después de la escuela me preguntó si quería ir a Costco con ella, y yo pensé: "¿Muestras de comida gratis? ¡Por supuesto!". Pero en lugar de ir a Costco ¡me llevó al centro comercial a comprar un vestido para el baile! Dijo que Sylvia le había contado de Lucha, Tijuana y el horrible vestido que parecía una piñata, y que había visto algunos vestidos baratos esta semana, en tiendas donde podíamos encontrar algo para mí. Era algo tan fuera de lo común que, de hecho, estaba un poco ansiosa... al principio. Cada vez que vamos de compras juntas termina haciéndome sentir mal por todo lo que me pruebo, diciendo que está muy apretado o que "Se ve bien, pero se vería mejor si...". Comprar ropa con mi mamá es un poco estresante. Sin embargo, necesitaba un vestido, y ella parecía estar de buen humor, así que pensé que no me iría tan mal. Y tenía razón. Pasamos la tarde buscando, y encontré un vestido que no me hacía parecer como si estuviera llena de dulces. Me veía bastante linda, para ser honesta. Mi mamá incluso dijo que me veía hermosa, lo que significa mucho para mí, aunque intente ocultarlo. Por la noche fuimos a cenar a un lugar de mariscos. Me alegra que hubiéramos comprado el vestido antes de comer, porque me atraganté una mojarra frita entera y un arroz delicioso con mariscos. Siempre que como con mi mamá me preparo para el golpe: las críticas, las advertencias, los discursos sobre diabetes, dolor de espalda, colesterol alto, mi apariencia... cualquier cosa que tenga que ver con ser atractiva para encontrar un buen marido, como he estado escuchando desde los diez años, cuando todavía creía que los chicos eran estúpidos. Pero hoy no hubo letanías.

Fue agradable. ¿Así serán las relaciones "normales" entre madres e hijas?

2 de mayo

El tiempo necesita bajar la velocidad. El baile de graduación es en dos semanas, después viene la cena baile de los de último año, la cena de egresados, la graduación. Y eso es todo... Adiós señorita Abernard. Adiós hermano que me saca de quicio, pero a quien amo con todo mi corazón. Adiós Pepe's House of Wings. Está bien, no me estoy despidiendo de Pepe's House of Wings porque lo busqué y hay uno en el norte, pero apuesto que no se ve igual ni tiene la misma fauna merodeando en el estacionamiento (el hombre que pide monedas con su familia o el viejo amigo de mi mamá que también es muy amigo de la botella, pero aún así me dice que reduzca mi consumo de alitas). Ay, Santa María de los Rosales, cómo te voy a extrañar.

3 de mayo

Esta sería la parte de la película donde me vuelvo una perra maldita, como Zoe Saldaña en esa película, *Colombiana*, donde su sed de venganza no se satisface hasta que mata al hombre responsable por la muerte de su familia, esperando pacientemente y destruyendo todo lo que él ama hasta dar con su arrepentido, asqueroso trasero.

Hay momentos en que todo me parece una película. Como si, de alguna manera, estuviéramos apartados de una realidad que ocurre afuera de los límites de la ciudad. A principios de este año dieron la noticia de una chica que se emborrachó en una fiesta. Acabó hasta atrás, cosa común en los adolescentes, supongo, aunque no podría asegurarlo, pero conozco a muchos que sí. La violaron varios miembros del equipo de balompié, que les mandaron fotos a sus amigos, además de publicarlas en las redes sociales. Eso sí no es común en los adolescentes. En lo absoluto. Pero pasó muy lejos de aquí, por lo que pensé que ese tipo de cosas solo sucedían muy, muy lejos. No en Santa María. Tenemos serios problemas de drogas, pobreza, robo y la ocasional visita del idiota neonazi de Estupidolandia, a veinte millas de aquí. Pero esos idiotas (por lo general) van solo a Home Depot, donde se reúnen los jornaleros a esperar que los recojan para hacer algún trabajo. Esa es la clase de problemas que tenemos aquí. Nunca había escuchado de una violación. Por tanto, estúpida y felizmente había asumido que ese tipo de crimen, para orgullo nuestro, no ocurría en nuestra ciudad. Estaba 300% equivocada.

Germán violó a Cindy. Ella nos lo contó hoy en la noche. Estábamos en su casa, pasando el rato y hablando del baile, bromeando sobre quién tendría sexo en el asiento trasero del coche de sus papás. Hice un comentario tonto sobre ella y Germán, y empezó a llorar. Yo me quedé con cara de *Ay, dia-*

blos, otra vez me pasé de la raya. Y fue entonces cuando nos dijo lo que había sucedido realmente esa noche. Ella estaba un poco tomada cuando se empezó a besar con Germán en el coche. Él le subió el vestido, y Cindy quería al principio, pero luego cambió de parecer. La respuesta de Germán fue que ella ya había dicho que sí y ahora no podía decir que no, punto. Cindy nos dijo que no le había pegado ni la había maltratado, pero sí la había sujetado todo el tiempo, mientras ella lloraba. No sabía qué decir. Sebastián tampoco. O sea, ¿qué le dices a tu amiga cuando termina de contarte que la violaron? No hay una tarjeta de Hallmark para eso. Y los "lo siento" que escupimos sonaron ridículamente fuera de lugar en un momento así. Solamente la abrazamos e intentamos convencerla de que llamara a la policía, pero dijo que no tenía caso. No la golpeó ni nada, y nadie le iba a creer.

Todo el camino de vuelta a mi casa estuve pensando en lo que había escuchado decir a mi mamá y a otras mujeres a lo largo de mi vida, cada vez que algún chico hacía una tontería o algo malo: "Así son los hombres". ¿Qué mierda es esa? Tenía que escribir al respecto.

INSTRUCCIONES PARA COMPRENDER LO QUE EN VERDAD SIGNIFICA "ASÍ SON LOS HOMBRES"

1. ¿Te vas a poner ese vestidito? Recuerda cómo son los hombres, así que ten cuidado.
2. Si bebes mucho, tu cuerpo es presa fácil... para cual-

quiera o para todos. Los hombres son así, y tú se lo estás haciendo todavía más fácil.

3. Si una mujer dice que no, sería bueno reconsiderar tu posición. No creo que quiera decir "sí", pero como soy una mujer, ¿qué voy a saber? De cualquier modo, como así son los hombres, no hay que pensar mucho.

4. Si está llorando, definitivamente es señal de que dijo "no". Pero como eres un imbécil, no lo vas a pensar dos veces, así que, procede. Llevaba puesto ese vestidito (¿recuerdas?), y los hombres son así después de todo. Es lo que dicen nuestros padres.

5. No es violación si dice que sí al principio. Todos lo saben. Es tu novia y obviamente sabe que los hombres son así, de lo contrario no te hubiera provocado.

6. Como los hombres son así, no va a usar condón (le gusta hacerlo de verdad), así que es posible que te embaraces. Pero con suerte no te contagiará de sida ni de herpes ni de clamidia. Así que puedes sentirte bien por eso. Además, los bebés son lindos.

7. Si no te golpea, no es realmente una violación. Todos saben eso también. Por otra parte, no era un extraño, sino alguien que te importaba, un hombre comportándose como un hombre.

8. ¿Recuerdas que tu madre te advirtió que los chicos solo quieren una cosa de ti? No son tus buenas calificaciones, ni tu excelente habilidad para dibujar, ni tu extenso conocimiento sobre películas de acción. Es lo que

has estado cuidando (pista: está entre tus piernas) a lo largo de tu vida de todos los hombres que conoces: tu primo que vino dos semanas de vacaciones, tu tío Tony, el maestro de segundo... así son los hombres.

9. Es tu culpa. Incluso si eres discapacitada, vieja o joven. Debiste saberlo.

10. Así son los hombres.

5 de mayo

¡Cinco de mayo! ¡Guau! Otra celebración donde la gente puede usar sombreros y bigotes postizos para demostrar su comprensión y compromiso a aprender sobre nuestra herencia cultural. O sea, amo los bigotes postizos tanto como cualquiera —son bastante graciosos—, pero no creo que haya visto a un mexicano con un bigote de manillar desde Emiliano Zapata. La última persona que vi con sombrero en su día a día fue a mi abuelo Isauro, y él estaba superviejito y ahora está supermuerto. No es que no los usemos. Sí lo hacemos. Pero, por favor. Tenemos que ser mucho más que eso. Entre los bigotes, los sombreros, el querer matar a Germán por lo que le hizo a Cindy y la preocupación por el baile de graduación, estoy a dos segundos de darme por vencida. No tanto, pero sí necesito pasar mi clase de Álgebra II o Berkeley me va a mandar muy lejos porque no dejan entrar gente al campus que no sepa cómo hacer ecuaciones cuadráticas. Creo que, en parte, no me puedo concentrar en las estúpidas matemáticas porque mi mamá me está haciendo sentir culpable por siquiera pensar en irme. Las mamás mexicanas son tan buenas con los chantajes emocionales. Es como si fuera obligatorio que tomaran un diplomado antes de dar a luz. Dice que me necesita en casa.

—¿Y si tu tía Bertha se cansa de estar aquí? ¿O si encuentra un novio?

—El día que la tía Bertha consiga un novio, yo dejo de comer Hot Cheetos. No va a pasar —le digo.

Entonces saca los misiles, lo que hacen las chicas buenas y lo que hacen las chicas malas. Cuando me vaya, pensará que soy mala el resto de mi vida. Lo sé. Como si lo hubiera hecho a propósito para lastimarla. Y no puedo evitar preguntarme si eso en serio me vuelve una mala hija. Dice que solo las chicas blancas se van, porque no les importa dejar a sus familias. "A las gabachitas les gusta andar de locas, por eso se van de sus casas" es su respuesta cada vez que menciono la mudanza.

No creo que las blancas se vayan porque quieran abandonar a sus familias y ser libres para tener sexo salvaje cuando les plazca. De hecho, estoy 100% segura de que a las mexicanas también les gusta tener sexo salvaje. Es más, creo que tener sexo salvaje debe rondar la mente de muchas adolescentes. Las hormonas —y cosas como el amor y el odio— no conocen límites de raza ni de género. Creo que lo único que deseamos es ser libres. También me preocupa que la universidad sea demasiado difícil. ¿Y si fallo? ¿Y si todos son más listos que yo, y no entiendo ni la mitad de lo que dicen los maestros? ¿Y si la gordita no tiene lo que se necesita para ir a la universidad, y de pronto quedo cubierta en sangre de cerdo porque mi mamá tenía razón y todos se ríen de mí? *Está bien, Gabi, ya cálmate.* Consumos que necesito reducir:

1. Carne seca después de medianoche.
2. Novelas de Stephen King que incluyan madres controladoras y una cubeta con sangre de cerdo.

6 de mayo

Hoy hice un examen de práctica para Álgebra II y no salí tan mal. El próximo viernes es el siguiente. Es el último examen parcial antes del final. Si logro seguir así de bien, voy a pasar la materia sin problemas. Definitivamente se lo debo a los repasos de Sebastián. Ha valido la pena escuchar de su estúpido novio y de todo el sexo que tienen. Para ser honesta, me dan un poco de celos. No sé si Martín y yo tendremos sexo alguna vez. ¿Cómo sería? No creo que quiera desnudarme ante él, o sea, *qué asco.* A veces ni yo me quiero ver desnuda. A veces el espejo es mi enemigo. O sea, nunca me atrevería a preguntarle quién es la más bella de todas, porque sé que su respuesta me haría llorar. Sin embargo, hay momentos en que me gusta cómo me veo, e incluso pienso: "Yo me la tirara, ¿por qué no?".

Quizá resulte como en las películas. Corte a la primera

vez de Gabi: "Something", de Los Beatles, se escucha bajo, de fondo, en una habitación iluminada con velas. Hay una inmensa cama en forma de corazón y sidra helada burbujeando (es lo que tendría que ser, dado que ninguno de los dos bebemos, y a ambos nos gusta la sidra). Martín tomaría mi mano y saltaríamos a la cama. Nos meteríamos bajo las cobijas y saldríamos momentos después, alegres y satisfechos. Pero qué tanto, no sé. ¿Diez minutos? ¿Veinte minutos? ¿Una hora? ¿Cuánto dura realmente? O sea, sé que las películas tienen que editar muchísimo por restricciones de tiempo. Lo voy a tener que investigar. Ahora que lo pienso, creo que vi la cama en forma de corazón en una película de los Muppets o algo así. Genial, imagino mi primera vez a partir de la vida de Miss Piggy (¡un muppet!).

Lo estoy pensando demasiado. Ese es mi problema. Le dedico demasiado tiempo a esto. Pero es que la clase de educación sexual nunca tocó estos temas tan importantes. Y no es como si fuéramos a preguntarle a la maestra, sería tremendamente embarazoso. Me siento como Margaret en *¿Estás ahí, Dios? Soy yo, Margaret*. Excepto que, en lugar de mi periodo, se trata de la primera vez que vea desnudo a un chico. ¿Esto será normal? En todo caso, probablemente no sea bueno. ¡Ahhh! *Carajo*. En serio.

En otro orden de cosas, de ninguna manera relacionado con sexo, la señorita Abernard nos pidió llevar nuestros mejores cinco poemas del año el lunes. La clase finalmente trabajará en *Nube negra* (nuestra antología), y después haremos una lectura a la que podrá asistir toda la escuela. La mayoría no irá (me imagino), aunque algunos sí (¡incluso invitó al superintendente!), así que quiero estar lista. Martín vendrá este fin de semana y vamos a revisar nuestros poemas para elegir cuáles meter y cuáles sacar. Creo que no fue tan alejado del sexo como había esperado.

7 de mayo

Mi mamá me pidió que invitara a Martín a desayunar chilaquiles. Parece que le gusta, o quizá está feliz de que haya por lo menos un candidato a pedir mi mano. Vino y todos desayunamos juntos: mamá, Beto, tía Bertha, Ernie, Martín y yo. Se siente bien estar rodeada de la gente que amas y te ama, como si, después de toda la mierda que vivimos este año, las cosas finalmente estuvieran mejor. No quiero acomodarme demasiado, porque es común que estemos bien y que, de pronto, te caigan encima toneladas de mierda, a lo que le sigue otra temporada de limpieza.

Después de desayunar, Martín y yo empezamos a escoger nuestros poemas, pero nos enganchamos tanto en la poesía que de pronto ya eran las 5:30. Martín debía llegar a su casa a las 4:30. Con suerte, su papá no se pondrá loco si lo llama y le dice dónde está. En parte porque su papá es mucho más tranquilo que mi mamá, y en parte porque es un chico. Aquí entra el mantra con el que vivimos: "así son los hombres". Mi hermano no tiene las mismas reglas que yo, aunque yo sea mayor y claramente más responsable (y madura) que él. Por ejemplo: el otro día iba a salir con una chica, y mi mamá ni siquiera exigió verla.

—No se te olvide llevar un condón —fue todo lo que dijo.

Cuando yo empecé a salir con Eric, mi mamá quiso conocer a sus padres de inmediato (le tuve que rogar que no lo hiciera, porque no estábamos planeando una boda ni nada). Antes de que pudiera salir con Martín (en una cita de verdad), este tuvo que venir a casa y conocerla.

—Así, si algo te pasa sé cómo describírselo al policía —dijo cuando le pregunté para qué.

Pero si mi hermano va a salir con una chica (que fácilmente podría ser una asesina en serie, una fugitiva, tener cuarenta años... o doce), ¿todo lo que dice es "No se te olvide llevar un condón"? En serio, mamá, ¿qué demonios es eso? Obviamente, no lo digo en voz alta porque no soy tonta, pero lo pienso. Iba a señalar su hipocresía, pero no tiene caso. Me va a decir que es distinto porque Beto es hombre y ellos no pueden evitarlo, y yo tengo más que perder que él. Así que me callé la boca.

Cuando Martín se fue, ya habíamos escogido nuestros poemas para el lunes. Se siente bien estar preparado, por lo menos con una tarea lista. Ahora tengo que hacer el ensayo de literatura sobre *Beowulf*, mi carta al senador para la clase de gobierno y la tarea de Álgebra II. Es bastante. No sé cómo lo logra Cindy con el bebé.

9 de mayo

Fue un buen día en la escuela. Comí yogurt con Sebastián y su novio, y me fui a casa. Resulta que mi ensayo de *Beowulf* era para el jueves, lo que quiere decir que tengo tiempo de sobra (por primera vez en toda mi trayectoria académica). Ahora tengo tiempo extra para hacer otras cosas, como escribir un poema sobre el amor. Por lo general, desprecio los poemas de amor; son cursis, fresas, bla, bla, bla. Pero Martín me ha estado pasando algunos para hacerme cambiar de opinión. Me dio un poema de Robert Burns y algunos sonetos de William Shakespeare. Hasta ahora mi poema de amor favorito es de Pablo Neruda: "Puedo escribir los versos más tristes esta noche". Hay algo en ese poema tan melancólico, y a la vez tan romántico. Creo que sé cómo se sentía Pablo cuando lo escribió. Me conmovió tanto el poema que pensé en escribirle uno a Martín.

POEMA DE AMOR INSPIRADO POR MARTÍN (Y ROBERT BURNS)

No olvides las espinas de las rosas
cuando digas que el amor es una rosa roja, roja.
¿Por qué no puede ser una rosa blanca?
¿Una rosa rosada?
¿Una rosa amarilla?
Es tan difícil tomar una rosa,
tan difícil arrancar una rosa.

Necesitas usar guantes
o lastimarte
la piel
si quieres tenerlas.
¿A eso se refería, Sr. Burns?
¿A que como es tan difícil asir las rosas
el amor debe ser como una?

¿Y qué hay con los geranios?

El amor es un geranio blanco.
Crece como la hierba,
apoderándose de la tierra.
Si no lo cuidas,
lo podas,
le das forma,
escala paredes,
esconde
insectos
que se lo comen lentamente
haciéndolo morir.
Crece fácil
y fácil se marchita.

Sí, Sr. Burns, creo que el amor es un geranio obstinado.

No es Pablo Neruda, pero así me siento.

11 de mayo

El día B se acerca. Baile. No creí que me emocionaría tanto, pero así es. Ni siquiera estoy segura de por qué. O sea, sé por qué, pero de todas formas. Cindy y yo hicimos citas en el centro comercial para que nos maquillen, y vamos a ir a donde mi vecina para que nos peine, porque dijo que nos cobraría muy barato. Bueno, me estoy engañando... Sé perfectamente por qué estoy tan nerviosa y emocionada. Las cosas se han estado poniendo realmente serias con Martín. Serias, candentes e intensas. ¿Y si lo hacemos finalmente el día del baile? Sé que tengo que estar preparada. Necesito alguna clase de plan antiembarazo. Obviamente, no voy a tomar pastillas. Mi mamá se volvería loca y seguro me echaría de la casa. Escuché a algunas chicas hablar de "sacarlo", pero parece riesgoso y caótico por lo que leí en internet. ¿Y cómo le pides a alguien que haga eso? *Asco.* Eso nos deja los condones. Pero, ¿no los debería comprar él? Sé que me daría mucha pena comprarlos yo. ¿Y si lo hago? Puede ser que él ni siquiera tenga ganas de tener sexo conmigo, y yo aquí, con una caja de condones y... No puedo ni pensarlo. Estoy bastante segura de que sí quiere. Hace unas semanas nos estábamos besando, y me tocó un seno por primera vez. Me sorprendió un poco, e intenté que no se diera cuenta. Se puso un poco incómodo, porque me preguntó si estaba bien. O sea, yo estaba completamente a favor, por supuesto que estaba bien. Entre más lo pienso, más me alegra que preguntara y no lo asumiera nada más. Quería que Martín fuera más allá, hasta cierto punto; sin embargo, no dije nada porque pensé que me vería como una zorra. ¿No? Ya es bastante difícil tener este tipo de pensamientos en la cabeza, lejos de todos, a salvo, porque no se supone que las chicas piensen así. Entonces, como por arte de magia, se resolvió mi duda sobre si mis pensamientos eran normales o no.

Hoy, en Álgebra II, unos chicos estaban bromeando sobre masturbarse (lo que en serio me estaba incomodando porque, sin importar cuánto piense en el sexo, no quiero hablarlo con todos, pero no supe cómo decirles que se callaran sin sonar patética, así que no lo hice). Lo que intentaban hacer era darnos asco, y estaba funcionando. Finalmente, Debby Allan (una de las alumnas con mejores calificaciones en la clase) se cansó.

—Eh, no se sientan tan especiales, todos lo hacen —dijo—. Las mujeres no lo admiten porque la gente diría que somos zorras en lugar de seres humanos normales. —Me miró y dijo—: ¿O no, Gabi?

Sentí que me sonrojaba.

—Yo no lo hago —dije muy bajito, y seguí con mi tarea.

De cualquier manera, mi respuesta probó su punto. No me siento cómoda hablando de cosas así en público. No creo que el sexo sea malo, pero no voy a admitir cuántas ganas tengo de tenerlo con Martín. No le voy a decir a todos: "Eh, ¿qué creen? Mi novio me agarró un seno ¡y me gustó! Si intenta ir más allá la próxima vez, ¡claaaro que lo voy a dejar! ¿Qué les parece? Sintonicen el siguiente capítulo de *Las aventuras de la vagina de Gabi*, ¡ahora en 3D y IMAX!". Ajá, no va a suceder.

13 de mayo

¡Dame cinco, Gabi! ¡Otra A en mi examen de matemáticas! Sebastián es en verdad un genio de las matemáticas y un salvavidas.

Después de la escuela hice algo estúpido, o muy inteligente. No estoy segura todavía. Finalmente decidí que, si había una posibilidad de que Martín y yo tuviéramos sexo, era mejor cuidarnos, así que fui a comprar condones. No le dije a Cindy, porque se enojaría conmigo y probablemente me daría una cátedra de por qué el sexo es malo. Todavía cree que lo que hizo Germán fue culpa de ella, y que así son los hombres. Intenté decirle que Martín no es así, para nada.

—Eso es lo que tú crees —respondió.

Mejor evito el tema. Sebastián, por otro lado, probablemente empezaría a darme consejos, y eso sería un poco extraño, porque no creo que funcione igual para los dos. La única persona a quien podría confiarle esta situación es a Georgina, pero no he tenido una conversación real con ella desde que resolvió su problema. Fui a la Farmacia Stuffix después de clases y recé para que no hubiera gente. Y así fue. Georgina era la única persona trabajando, y acababa de llegar.

—¿Qué? No me digas que necesitas una prueba de embarazo también. Seríamos tres al hilo en la clase.

Estaba bromeando, pero se veía preocupada al mismo tiempo.

—¡No! Claro que no. Mira... necesito... bueno... quiero...

—Ni siquiera sabía cómo decirlo.

Me puse como un tomate, y ella se empezó a reír.

—¿Qué? ¿Tienes una infección?

—¡Ay! ¡Qué asco! ¿Eso no es algo de ancianitas? No. Es que... olvídalo.

—Ay, Dios, ¿quieres condones? —dijo cuando ya yo estaba a punto de darme la vuelta.

—¿Qué?

—Están en el pasillo tres.

—¿Cómo?

—¿Estás sorda? Pasillo tres —dijo más fuerte y lentamente.

Fui al pasillo tres y ahí estaban, los dioses de hule en todo su esplendor: la delgada película de látex que aparentemente protegerá mis óvulos no fertilizados del esperma enloquecido de Martín. Había con sabor, textura, magnum (lo que sea que eso signifique... a lo mejor es máxima resistencia), y venían en distintos colores brillantes. Mi mente se aceleró: ¿Para qué querría condones con sabor? De ninguna manera voy a meterme a la boca algo que vaya en un condón. *Asco*. ¡Y no sabía que hubiera distintos tamaños! *Ahhh*. Pensé que sería una situación unitalla. Pero, oh, no, esta pobre damisela ignorante se enfrenta a demasiadas opciones. Fue como mi primera vez en Del Taco: todo tenía ventajas potenciales, pero también podía ser un terrible error capaz de desgarrar mis entrañas.

Estaba a punto de darme por vencida y salir de ahí cuando entró otra persona con un bebé llorando. Cuando me giré hacia donde estaba, me topé con las pruebas de embarazo junto a los condones, y me vi frente a las consecuencias de la cobardía. Si no estaba preparada para el posible encuentro sexual de la noche del baile —o de cualquier noche, en todo caso—, podría acabar en el mismo barco que Cindy, Georgina o mi mamá. Y de ninguna manera quiero estar ahí en este momento de mi vida. Quiero ir a la universidad. Quiero ser libre. Quiero mudarme de este pueblucho. *Gabi*, me dije, *no necesitas un bebé en tu vida*. Tomé valor, agarré una caja de talla mediana y esperé lo mejor. De camino a casa, sudorosa y todavía sonrojada, pensaba dónde podría esconder mis nuevos compañeros, y en las galletas Milano que tenía bajo la cama y que estaba a punto de devorar. Curiosamente, también tenía antojo de Del Taco.

14 de mayo

Maldita sea. Ajá. Esa es la clase de mañana que estoy teniendo. Ayer estaba tan estresada por no saber qué tamaño de condones comprar en la farmacia, que me desconecté. De hecho, estaba tan distraída que no me di cuenta de que después (¿o antes?) de la mujer con el bebé llorando, mi tía Bertha había entrado en la farmacia y me había visto hacer la compra. No dijo nada anoche, pero esta mañana, cuando estaba sacando la basura, me acorraló en el patio.

—Buenos días, Gabi.

—Buenos días, tía.

Silencio incómodo.

—Entonces, hoy es la gran noche, ¿verdad? Mucha diversión y mucho baile con tu noviecito.

—Ajá.

Me decía esto mientras me miraba con una expresión extraña que me estaba poniendo nerviosa. Y podía sentir que se venía la tormenta, pero no sabía cuándo ni de qué tipo.

Entonces tocó tierra, y me doy cuenta de que es categoría cinco esa tormenta de mierda.

—Te vi en la farmacia ayer.

Demonioooooooooooooooos, pensé, *estoy muerta*. Le va a decir a mi mamá, y después del "¿Ya ves? ¡Por eso no quiero que te juntes con Cindy! Te quieres ir a la universidad para ser como una gabacha facilota ¡y ya empezaste a practicar!", me va a sacar al patio para sacrificarme a los dioses antiguos y rogar que renazca como una buena hija o un pez dorado. Como mínimo, me va a prohibir salir de la casa y no me va a dejar mudarme. Así que intenté hacerme la tonta. A lo mejor mi tía solo me había visto salir de la farmacia y no se había dado cuenta de lo que había comprado.

—¿Qu...? ¿Eh?

—También vi lo que estabas comprando. Globitos.

Me vio comprar los pinches condones.

—Ah... no eran para mí, tía.

Técnicamente, no era una mentira.

—No te preocupes. No le voy a decir a tu mamá. Eso es asunto tuyo. Admiro que tengas cuidado y te protejas. Eres lista. Ojalá yo lo hubiera pensado cuando era joven, y no me hubiera... Da igual. No le voy a decir a tu mamá. Pero quiero que recuerdes que Dios sí lo va a saber. Él sabrá lo que hiciste... o lo que haces. Sabe de todos los pecados que cometes, y te está viendo. Quiero que pienses en eso hoy en la noche, antes de que hagas cochinadas que te puedan condenar al infierno. Porque no quieres irte al infierno, mija. ¿O sí?

Se acercó a mí con la mano extendida, y me asusté, pero solo me dio unas palmaditas en el hombro. Se alejó y me dejó ahí, en shock, pensando en qué pudo haberle pasado, en que Dios quizá me vería tener sexo hoy en la noche, en lo repulsiva que era esa idea y en cómo pedirle a Dios, en serio, que tía Bertha no le dijera nada a mi mamá. Si no, puede ser mi última entrada en este diario.

15 de mayo

¡Oh, por Dios! Son las 4:30 a.m. Me acaban de gritar porque llegué dos horas más tarde de lo que había quedado, aun cuando llamé. Pero no importa. Los gritos valieron la pena.

¡El baile estuvo tan divertido! Martín me recogió a tiempo. Después de cenar, fuimos a la estación de tren (el tema de este año parecía una mezcla de fiesta en un granero y aventura extraterrestre). Bailamos toda la noche sin importar la música que pusiera el DJ. Ni siquiera sabía que Martín supiera bailar. Íbamos a comer algo después, pero decidí que mejor no, porque tenía miedo de llegar tarde a casa. Martín dejó a Cindy, y luego seguía yo. Aún teníamos un poco de tiempo antes de mi hora de llegada, así que siguió manejando. Hablamos de la escuela, de la universidad, de poesía y de un montón de cosas. Resultó que no había nadie en su casa este fin de semana porque su papá había ido a Tijuana a un bautizo. Tomé valor y le pregunté si podíamos ir a su casa. Abrió los ojos y me di cuenta de que estaba nervioso. Eso lo volvió más emocionante.

—Eh... claro. Pero no hay nadie, así que solo seríamos tú y yo.

—Lo sé.

—Ah.

No sabía en realidad lo que iba a pasar. Tal vez solo nos besaríamos. Tal vez haríamos de todo. Tal vez leeríamos poesía. Pero algo iba a pasar. Cuando llegamos, encendió una de las lámparas de la sala. Nos sentamos en el sofá un rato y hablamos. Luego se acercó y me besó. En ese momento no estaba demasiado gorda, ni era demasiado blanca, ni demasiado mala. Era solo yo. Me preguntó si estaba segura, dije que sí y ahí empezó todo. Mi cerebro se olvidó de todos los "peros", y dejó que la mitad inferior de mi cuerpo tomara el control de lo que estaba pasando. Yo estaba nerviosa. Inmediatamente me di cuenta de que no era como en las películas. No había manera de hacerlo abajo de las sábanas, y no había una forma fácil y sencilla de quitarte la ropa. Los botones toman tiempo. Y mientras batallábamos con la ropa, no podía dejar de pensar en lo que había dicho mi tía Bertha sobre Dios observando. ¿Estaba mirándonos? ¿Acabaría en el infierno? ¿Me comportaba como una blanca adicta al sexo, como decía mi mamá? ¿La raza tenía algo que ver con el hecho de que lo único que quería era quitarle los pantalones a Martín y con que sus zapatos me estorbaban? Ni idea, y me olvidé de todo muy pronto.

Después me di cuenta de que no me había parecido tan satisfactorio (me dolió al principio... no un dolor capaz de matarte, pero tampoco como comer helado Rocky Road) como parece en las películas, y fue mucho más caótico de lo que hubiera imaginado. ¡Maldito seas, Hollywood! Estoy segura de que fue así porque era nuestra primera vez. Espero. Martín me sostuvo un rato en sus brazos, y fue la mejor sensación del mundo. Pero luego se convirtió en la peor cuando me di cuenta de que era tardísimo.

—Mierda. ¡Mi mamá me va a matar! —fue todo lo que dije.

Me llevó a casa y me acompañó hasta la puerta. Mi mamá estaba ahí. Cuando terminó de gritarle a Martín por no traerme a tiempo, este se fue y me tocó a mí.

—¡Quién sabe dónde andabas! ¡Estaba preocupada! ¡Dijiste diez minutos y pasaron cuarenta y cinco! ¡No vas a salir en toda la semana, y no podrás usar el teléfono! Y ni pienses en pedirme permiso para salir el fin de semana. Ni se te ocurra.

No discutí con ella. Estaba contenta. ¿Soy mala porque no me siento tan culpable? Probablemente. Pero la cosa es esta: cada vez me importa menos ser mala.

Tenía que escribir todo esto. No puedo dejar de pensar en lo que acaba de pasar, y en lo que Martín estará pensando. Dejé la caja de condones en la bolsa de mi tía Bertha con una nota que decía: "No los necesité, después de todo".

Martín estaba preparado.

16 de mayo

La tía Bertha me abrazó en la mañana y dijo que estaba muy orgullosa de mí, al igual que Dios. Dijo que había rezado para que tomara la decisión correcta, y que eso era prueba de que Dios la escuchaba todavía. Yo solo sonreí y asentí. Me apuré para ir a la escuela. No les conté a Cindy ni a Sebastián sobre lo que pasó entre Martín y yo, y no estoy segura de querer hacerlo. No quiero el discurso que sin duda vendrá. Cindy se va a enojar. Sebastián querrá todos los detalles, y no creo que quiera contarle nada porque, aunque se sintió más o menos agradable, parte de mí se pregunta si lo hicimos bien. O sea, fue mi primera vez y no hay un manual, lo que quiere decir que, técnicamente, pude haberlo hecho mal y no tener la menor idea. Hay cosas que quiero mantener privadas. Además, dado que no había hablado con Martín desde que pasó (porque estoy castigada), no sabía cómo se sentía él. Me preocupaba que hubiera algo raro entre los dos porque, ahora que mis hormonas no están al tope, caigo en cuenta de que me vio ¡*desnuda*! ¡*Por Dios*! Otra persona me ha visto desnuda. ¿Y si pensó "¡Ay, qué asco! ¡No sabía que esto era lo que traía abajo del cofre!"? ¿Y si se arrepiente? Estaba tan preocupada, y tan enojada conmigo misma a la vez (porque no tendría que importarme lo que otros piensen de mi apariencia), que me empezó a doler la cabeza. Cuando finalmente llegué a la escuela y encontré a mis camaradas, vi que Martín me había comprado flores y una tarjeta (¿Una tarjeta después del sexo? ¿Debí comprarle una? En serio debería haber un manual). En el interior decía: "Gabi, te amo".

Y luego, el bastardo reescribió el soneto 130 de Shakespeare. Es tan cursi.

Son cual soles los ojos de mi amada;
el coral, níveo junto a su roja boca;
y la nieve blanca sus senos iguala;
y su cabellera, la más delicada.
Rosas damasquinas, blancas y rosadas,
las más brillantes su mejilla evoca;
ningún perfume más placer provoca
que el aliento en el habla de mi amada.

Amo escuchar su voz, y bien se sabe
que no hay nada más dulce, ni más suave;
sé que no he visto otras diosas caminar,
pero ella se desliza sobre el suelo.
Es raro mi amor, lo juro por el cielo,
y con el de nadie se puede comparar.

19 de mayo

Mi dicha ha terminado. Pensé que los maestros iban a relajarse con la tarea, porque estamos a punto de graduarnos, pero no es así. Tengo que escribir otro ensayo para la clase de literatura, un capítulo que resumir para gobierno, tarea de matemáticas, física, español... Y no olvidemos la lectura de nuestra antología poética mañana.

Me da vueltas la cabeza. Siento que voy a vomitar.

20 de mayo

La señorita Abernard hizo un muy buen trabajo con la antología. El primer número de *Nube negra* está lleno de increíbles poemas que escribimos en clase, y también ilustraciones y fotografías de las clases de señor Taylor. Nosotros elegimos las imágenes a incluir. Por supuesto, tuve que escoger algunas de las piezas de Sebastián. Una era un paisaje de Skyline, y la otra, una foto de dos hombres tomados de la mano. Muchos se quejaron de la fotografía.

—Yo no quiero una pinche foto de dos maricones en la revista —dijo Clementino Noriega—. Es estúpido. ¿Por qué tenemos que hacer lo que los gais quieran?

En primer lugar, Clementino es un idiota. En segundo, ¿cuándo los homosexuales nos han dicho que hagamos cosas? ¿Cuándo? ¿Al pedir igualdad de derechos? Eso no es decirnos que hagamos cosas, sino pedir que se cumpla la promesa de que todos somos iguales. Nunca vi a la señorita Abernard tan enojada. Por lo general es muy tranquila, pero supongo que la estupidez de Clementino sacó al monstruo en su interior. No le gritó, aunque sí lo puso en su lugar diciéndole que si todo lo que tenía que ofrecer para nuestra antología era ignorancia y odio, quizá su voz y sus opiniones no eran necesarias ni deseables. Luego le escribió un reporte por usar groserías, y la escuché murmurar por lo bajo (porque estaba sentada junto a su escritorio cuando pasó todo esto): "...y si pudiera darle otro por ser un maldito idiota, también lo haría". No sé si alguien más la escuchó, y si fue así, nadie dijo nada. No tenía idea de que los maestros dijeran groserías o de que algunos de sus alumnos les cayeran mal. En ese momento, la señorita Abernard se volvió mi nueva heroína.

Fue mucha gente a la lectura: personal de la administración de la escuela, maestros, alumnos... y nuestros padres. La señorita Abernard invitó a nuestras familias, sin habérnoslo dicho. Para algunos fue demasiado. Varios alumnos dijeron que no podrían leer porque no querían que sus familiares los escucharan. Es bastante difícil leer ante extraños, pero hacerlo enfrente de la familia es brutal. Yo me eché el tiro y leí el poema de mi papá, el poema de mi abuelo y el poema de amor que había escrito después de leer a Robert Burns y a Pablo Neruda. Tenía miedo de que mi mamá se enojara por exhibir los asuntos de la familia, pero me sorprendió: dijo que estaba orgullosa de mí. Después de la lectura, cada uno firmó los tomos, incluyendo el de la señorita Abernard, que aseguraba que todos seríamos escritores famosos algún día (creo que los maestros están obligados a decir esa clase de cosas). Después comimos la botana que llevaron nuestros papás (mi mamá llevó conchitas) y café. Me sentí casi adulta... hasta que mi mamá decidió hacerme sentir como la tonta adolescente que soy.

Por fin pudo conocer al papá de Martín, y se cayeron bien. No en un sentido romántico, sino como padres mexicanos, oriundos del mismo lugar de México y viudos. Empezaron a hablar de sus sueños para nosotros, y de cómo les gustaría que no nos mudáramos tan lejos y bla, bla, bla. Y entonces hicieron (mi mamá hizo) lo que todo padre hace: dijo algo incómodo para avergonzar a su hijo.

—Bueno, a mí me da gusto que Gabi esté esperando a casarse para tener sexo, y que Martín se comporte como un joven respetuoso —dijo.

¿Por qué, mamá? ¿Por qué creería que es apropiado o siquiera necesario decir eso? ¿Quién hace eso? Es como si inten-

tara demostrar que no soy un objeto usado, que todavía tengo la envoltura original, en caso de que alguien esté interesado en casarse conmigo. Me sorprende que no mencione el hecho de que también tengo una cabra como parte de mi dote. Bien podría abrirme la boca y dejar que los compradores me inspeccionen los dientes. Quería meterme en un hoyo y morir. En cambio, me metí a la boca una galleta de avena y pasas, e intenté actuar como si no la hubiera oído. Sin embargo, cualquiera que hubiera visto la hermosa coloración de mi rostro hubiera podido darse cuenta de que algo malo había pasado.

El papá de Martín nos miró (incómodo).

—Pues sí, ¿verdad? Claro —dijo, sonriendo.

Él sabía. El papá de Martín sabía lo que había pasado. Él sabía lo que mi mamá no, que yo ya estaba usada y no me podían devolver al fabricante. Casi me muero. Miré a Martín, que se volteó y me miró con una sonrisa y perlas de sudor en la frente. Ambos nos alejamos de esa conversación y comimos más galletas.

Así pues, excepto por la horrible exhibición que hizo mi mamá de mi vida sexual con el papá de mi novio, fue una gran noche.

23 de mayo

Ya no estoy castigada, y voy a celebrar en casa de Cindy en una hora más o menos. ¡Faltan tres semanas para la graduación! Este año se fue tan rápido. Los de último año tenemos exámenes finales esta semana para saber si nos graduaremos o no. Sería tan horrible darte cuenta de que no te vas a graduar. Pero como tengo a Sebastián cuidándome la espalda con Álgebra II, no tengo dudas con relación a Berkeley.

No había visto a Martín desde el viernes. Fuimos a almorzar fuera del campus (no había usado mi pase desde que llevamos a Georgina a la clínica), y le pregunté si le había contado a su papá sobre nosotros. Me había estado carcomiendo la cabeza todo el fin de semana.

—Sí. Le dije.

—¿Cómo se te ocurre? Ahora tu papá va a pensar que soy una zorra o algo.

Estaba mortificada y se me llenaron los ojos de lágrimas.

—¿Por qué pensaría eso? Yo sé que no lo eres. Le dije a mi papá, en parte porque yo le cuento todo... pero más que nada porque encontró los condones en mis pantalones cuando estaba lavando la ropa.

—¿Qué?

—Solo dijo que no quería que yo tuviera sexo porque no estaba listo para la responsabilidad que viene con ello, pero que sabía que no podía detenerme, y estaba contento de que al menos intentara cuidarnos. También dijo que te tengo que respetar y no presionarte a hacer cosas que no quieras. Que, si dices que no, es no.

—¿En serio?

No podía creer que un adulto dijera algo así. Mi mamá claramente no hubiera dicho eso.

—Sí. Él odia esa tontería machista de *así son los hombres*. Dice que es una excusa para que los hombres se comporten como animales. Y yo estoy totalmente de acuerdo con él.

—Mi mamá piensa algo completamente distinto. Y creo que tu papá se portó mucho más buena onda que mi tía. Me cachó comprando los condones y dijo que me iría al infierno si tenía sexo.

Martín sonrió.

—Pues qué bueno que yo no creo en el infierno.

Me sorprendió con eso. Nunca había conocido a un ateo.

—Espera, ¿cómo? ¿No crees en Dios?

—No sé si creo. Tengo mis dudas. Pero, si hay un Dios, no estoy seguro de que su principal propósito sea enviar a dos personas que se aman al infierno por tener sexo. Hay cosas mucho peores en la vida, y cosas más importantes.

—Mmm. Nunca lo había pensado de esa manera. Sé que tengo mis dudas sobre cómo creemos en él... Por ejemplo, por qué no hay sacerdotes mujeres, por qué el control natal es malo, por qué es una mala idea que los sacerdotes se casen y tengan hijos, quién decide cómo deberíamos interpretar la "palabra de Dios". Pero nunca había podido hablar de ello con alguien de confianza. Mi mamá enloquecería, e incluso Cindy y Sebastián pensarían que soy rara.

—Yo no te juzgo, Gabi. Para nada. Me encanta la persona que eres, y no quiero que finjas ser alguien más. No importa si tienes la fe de una semilla de mostaza o si realmente intentas encontrar tu fe.

Este tipo me encanta. Estoy tan enamorada de él.

24 de mayo

Cada vez que veo a Germán, la necesidad de lastimarlo —literalmente— crece dentro de mí. Hoy tuve mi oportunidad. Lo vi. Tenía el brazo sobre los hombros de otra pobre chica (no podía tener más de quince años), y no pude evitar preguntarme si le haría lo mismo que a Cindy. Si así fuera, ¿ella le pondría un alto? ¿Encontraría su voz para poder apagar la de él? Esto es lo que pasa conmigo: tan pronto como empiezo a pensar en algo, no puedo sacarlo de mi cabeza. Es agotador. Ojalá pudiera apagar mi cerebro y mandarlo de vacaciones un rato, cerca de la playa, a beber limonada y comer pizza. Pero no puedo. Después de que Cindy me contó lo de Germán, adonde quiera que voltee, cada vez que veo una pareja o alguna adolescente embarazada, me pregunto si fue de mutuo acuerdo. Por culpa de esa idea de cómo se comportan las chicas buenas y cómo se comportan las chicas malas, muchas tienen demasiado miedo o están demasiado avergonzadas para decir algo. Temen lo que todos dirán de ellas, que son mentirosas, zorras u ofrecidas. Eso es lo que Cindy y Georgina (y mi mamá) me han enseñado.

Así que, cuando vi a Germán hoy, me consumió esa ira

que había estado cocinándose en mi interior durante casi un mes, y se me desbordó. Intenté detenerme. Intenté recordar que le había prometido a Cindy no decirle nada a nadie, en especial a Germán. No era mi papel buscar justicia (bueno, está bien, sentí que era mi papel, porque alguien tenía que detenerlo y yo sabía que Cindy no iba a hacer nada. ¿Se supone que debía permitir que un tipo siguiera tratando a las mujeres como si fueran su parque de diversiones personal? Yo no soy así. Pero *sé* que debí callarme la boca. No era asunto mío).

La onda con Germán es esta: es guapo. Digamos, guapísimo. Tiene la piel suave y acaramelada, el mejor cabello del mundo, hoyuelos, un cuerpo espectacular (es miembro del equipo de soccer y lo he visto practicar... sin playera), un estilo increíble (el chico podría ser modelo de pasarela), tiene calificaciones decentes y (la mejor arma de todo su arsenal) es un adulador. Me sorprende que no escupa miel cada vez que abre la boca. El primer año me gustaba en secreto. Nadie lo sabe, y es un secreto que me llevaré a la tumba. Obviamente, puedo ver a la perfección por qué las mujeres lo siguen como perritos. Pero, después de darme cuenta de la verdadera extensión de su actitud de patán, me parece sucio, como si no se bañara o despidiera un hedor pestilente por todas partes... Como un insecto que aleja a los pájaros con su naturaleza ponzoñosa.

Entonces, ahí estaba, con sus pezuñas grasosas y pestilentes encima de esa pobre chica, cuando notó que me dirigía hacia ellos. Germán asintió con la cabeza cuando me vio, y me mandó una de sus más encantadoras sonrisas. Por un segundo, lo pensé: "¿En serio podría violar a alguien? O sea, ¡mira qué ojos! Es demasiado sexy para obligar a alguien a dormir con él". Casi me doy una bofetada a mí misma por ser tan idiota. Cindy no hubiera inventado algo así. Pensar que no podría violar a alguien porque es sexy era estúpido y demente. Por supuesto que lo hizo. Probablemente era mucho más fácil porque la gente no creería que él "tuviera" que violar a alguien. Todos asumirían que las mujeres tenían suerte de dormir con él. Recuperé la cordura y le enseñé el dedo. ¿Cómo se le ocurre que lo quiera saludar? Violó a mi mejor amiga. Tal vez no supiera que Cindy me lo había contado y supuso que este pajarito no podía oler los gases nocivos. Me pregunto si es consciente de que fue una violación, o si cree que así es como debe suceder, con una chica llorando todo el tiempo.

Se sorprendió y me gritó:

—¡Que te den, gorda estúpida!

A lo que respondí:

—Pero tú no, Germán. ¡No con ese paquetito que tienes! ¿Y no escuché que tenías herpes o algo que solo te puede dar cuando te coges al ganado?

Los insultos no son mi especialidad.

Se enojó tanto que aventó a la chica y fue hacia mí como si me fuera a pegar. No me moví, y él acercó su rostro al mío, exhalando su asqueroso aliento.

—Más vale que te calles la boca, perra, o...

—¿O qué, Germán? —gruñí—. ¿Me vas a violar como a Cindy? ¡Maldito imbécil! ¡Intento de hombre! ¡No me vas a hacer ni madres!

Lo tomé totalmente por sorpresa. Por la cara que tenía, obviamente no pensó que Cindy lo hubiera contado. Seguro pensaba que ella nunca diría nada. Imagino que así piensan los violadores.

—Sí, sé lo que hiciste.

—Tu estúpida amiga no sabe de lo que está hablando —dijo, tartamudeando.

Se puso nervioso, así que sí sabía que estaba mal lo que hizo. Pero no pudo cerrar el hocico.

—¿Violarla? Ajá. Ella quería. ¿Cómo no? Todas quieren conmigo. —Se hizo hacia atrás y abrió los brazos, presumiendo su cuerpo—. Y tu amiguita me rogó.

Ahí perdí el control. Me volví un huracán. Una inundación. Agua bautismal. Dios, el castigador. Un ser antiguo lleno de ira. El martillo de Thor. Un relámpago de Zeus. Huitzilopochtli emergiendo de Coatepec, recién nacido y sediento de venganza. Chola del barrio al que nunca voy a pertenecer. Estaba fuera de mí. Germán, Germán, Germán... Su nombre hacía eco en mi cabeza, pidiéndome que le pegara.

Me gustaría escribir que lo desfiguré, que me comporté como una adolescente poseída y no quedó nada de Germán, más que pedazos de hueso y piel colgando del edificio de biología de la preparatoria Santa María de los Rosales. Que lo envié al infierno, a donde pertenece. O (una versión un poco menos violenta) que de pronto me transformé en un animal increíblemente feroz (y talentoso), que mis habilidades sorprendieron a todos, y que descubrí que mi verdadera vocación era las peleas de MMA o el boxeo profesional, en lugar de la literatura. Pero no, querido diario, no te puedo mentir. En estas páginas puedo ser yo, y debo ser honesta.

Las cosas se dieron así: estaba furiosa. ¿Cómo se atrevía a decir que mi amiga le había rogado? Le di un rodillazo en la entrepierna y lo empujé al suelo, y (dado que nunca había estado en una pelea y no conozco la etiqueta o el procedimiento adecuado) me encaramé encima de él y lo mantuve en el suelo con mi peso. Fue la primera vez en mi vida que ser gorda tuvo sus ventajas. Tal vez esa era la razón por la que no había bajado de peso. ¡Dios tenía un plan para mí! Y ese plan era someter a uno de los tipos más guapos de toda la escuela y sacarle el alma a bofetadas por violar a mi mejor amiga, mientras su novia observaba la escena horrorizada e intentaba separarme de él. No creo que Dios actúe así, si es que él o ella existe. Pero si creyera que hay un "plan", esto definitivamente tendría que ser parte de él. Aunque fuera solo como chiste.

No sé cuánto tiempo estuve encima de Germán, pegándole. Sé que en algún momento me levantó alguien de seguridad. Llamaron a mi mamá, y presentaron cargos en mi contra.

25 de mayo

Me suspendieron una semana, lo que implica que puedo despedirme de mi admisión a Berkeley. He estado llorando en mi cama toda la mañana. Mi almohada está más mojada que nunca... Asqueroso. En ese momento, darle de bofetadas a Germán parecía una gran idea. Lo único que podía hacer. Ahora... estoy segura de que había mejores opciones. Cindy se enojó mucho cuando se enteró, y no la culpo. Me llamó ayer después de la escuela y le tuve que decir la verdad. No estaba bien mentirle sobre esto. Empezó a llorar.

—¿Por qué no pudiste dejarlo pasar y ya? ¡No era tu problema! —dijo.

Yo también lloré. Cómo decirle que no me parecía justo que él se saliera con la suya, que podía hacerles lo mismo a otras. Sin embargo, Cindy tenía razón, no era mi lugar. La decisión no era mía, sin importar si parecía o se sentía correcto. Por supuesto, Germán no le dijo a nadie la verdadera razón por la que yo lo había atacado. Solo dijo que yo era una perra loca y, como no tiene ningún antecedente de comportamiento violento ni problemas de conducta, le creyeron. Yo tampoco tengo un historial de violencia, pero yo le pegué, así que me suspendieron a mí. La directora se enojó muchísimo con mi respuesta a su interrogatorio:

—¿Por qué lastimaste a Germán? ¿Te hizo daño?

Tal vez esperaba que dijera: "Me rompió el corazón, o lo vi

empujar a alguien, o estaba enojada porque no quería salir conmigo", o alguna explicación más comprensible.

—Porque los imbéciles merecen eso y más —fue todo lo que dije.

Ni siquiera recuerdo haber dicho eso. Supongo que lo hice. Estaba en el informe que le dieron a mi mamá. Quien, hablando de eso, está megaenojada. Y megadecepcionada. Y yo no sé qué es peor. Dijo que nunca hubiera esperado que me comportara de esa manera. Pero lo que realmente le molestó fue que no quise contarle por qué me había peleado con Germán. Estoy castigada las próximas semanas, y ni siquiera puedo ir a la cena de egresados. La directora está considerando si puedo ir o no a mi graduación. *Bien por mí.*

26 de mayo

Día dos en Alcatraz: los demás reos parecen criminales dementes, en especial a la que llaman "Bertha". La he observado salir de su celda para alimentar a un niño pequeño que ha tomado bajo su cuidado. Todo parece ser normal. Sin embargo, ayer noté una pequeña camioneta roja estacionada afuera de la penitenciaría. Bertha salió, miró alrededor, asegurándose de que no hubiera moros en la costa, y se acercó al vehículo. No había moros (bueno, yo estaba espiándola por mi ventana), así que se inclinó hacia la ventanilla y le dio un beso al conductor. A lo mejor el chisme hará que valga la pena quedarme en casa esta semana.

Por su parte, la tía Bertha tuvo mucho que decir de mi pleito.

—Las buenas chicas nunca se portan de esa manera, Gabi. Nunca. Tuviste suerte de que Martín se interesara en ti en primer lugar, pero con esto, ¡ja! Como me llamo Bertha Hernández a que no vuelve.

No pude evitarlo.

—¿Las chicas buenas también besan hombres extraños que estacionan sus camionetas rojas frente a su casa a media mañana? —le respondí, sonriendo.

La tía Bertha abrió los ojos. Se le cayó la mandíbula. De ninguuuna manera lo estaba esperando. Quizá no debí decirlo, pero ya que estoy hablando de más esta semana, pensé, *¿Por qué no?* La tía Bertha siempre se está quejando, actúa como si fuera perfecta y me critica delante de todos. Cree que puede hacerlo solo porque es mayor que yo. ¿Me sentí mal? Sí, claro que sí, porque soy Gabi Hernández y me siento mal por casi todas las decisiones que tomo, sobre todo últimamente, porque han sido malas. Pero, al carajo todo. Ya me cansé.

—Yo... este... pues... —intentó responder.

Beto estaba viendo toda la escena desde el sofá y solo sacudió la cabeza. ¿Ahora él me juzga! ¡Ay! Cuando sucedió, lo primero que me dijo fue: "No puedo creer que te pelearas en la escuela. ¿Qué te hizo Germán? Es buena onda". Me costó mucho trabajo no pegarle y contarle la verdad, y ahora esto.

—¿Qué, Beto? —le dije—. ¿Ahora qué hice?

—¿Por qué le hiciste eso a la tía Bertha? Fue bajo.

—¿Por qué? Porque siempre me está diciendo lo mala que soy, y que las chicas buenas hacen esto y lo otro. ¡Ni siquiera ella sigue sus propias reglas! ¡Se está acostando con tipos a diestra y siniestra! Algunos hasta casados. Se besa en la calle. Quiere ponerse pantalones, ¡y ya la vi queriendo maquillarse! ¡Es una hipócrita!

Empecé a llorar. Lloré porque estaba enojada. Porque me sentía culpable de haber delatado a la tía Bertha. Porque probablemente había perdido a mi mejor amiga. Y porque era todo lo que quería hacer.

—Ella solo...

—¿Solo qué? ¡Es cruel! Ya me cansé. Lo peor de todo, de todo, Beto, es que ella cree que es mala. ¡Y no es cierto! Es una persona normal intentando ser feliz, pero como va a esa estúpida iglesia y le llenan la cabeza de tonterías, se siente miserable, así que tiene que asegurarse de que todos los demás también sean miserables. No entiendo por qué no puede ser feliz siendo como es y ya. Nadie va a pensar mal de ella si tiene citas o tiene sexo o usa pantalones. Ni siquiera Dios.

Beto solo se quedó de pie.

De camino a mi cuarto, me di cuenta de que la tía Bertha había estado en el pasillo todo el tiempo. Tenía el rostro entre las manos y estaba llorando.

Hola, me llamo Gabriela Hernández y soy una imbécil.

27 de mayo

Las cosas han estado tensas con la tía Bertha. Me sentí mal cuando esta mañana llegó el tipo de la camioneta y esperó a que saliera la tía Bertha. No lo hizo. El hombre se fue. Ella lo estaba viendo desde la ventana de la sala.

—¿Por qué no sales a verlo? —le pregunté.

No me contestó. Ni siquiera se volteó a verme.

He subido como diez libras en estos días, picoteando comida chatarra mientras hago mi tarea. Para cuando termine la semana, habré aumentado cien libras y me van a tener que subir rodando al escenario... si es que me dejan graduarme.

Martín me ha mandado mensajes todos los días. Está molesto porque tampoco le quiero decir lo que hizo Germán. Cindy tiene razón: no debí haberme metido. Si no hubiera dicho nada, estaría en la escuela, estresada por la graduación, como todos los demás, disfrutando de mis últimos días en la prepa, en lugar de estar confinada en mi casa.

28 de mayo

Hoy es sábado. Faltan menos de dos semanas para la graduación. Ya se acabaron los finales y debería celebrar, pero me siento más miserable de lo que me he sentido en mucho tiempo. Sebastián vino hoy. Dijo que no podía creer que hubiera violado la confianza de Cindy, y que ella estaba muy molesta. Aunque él comprendía por qué lo hice, y también tenía ganas de pegarle a Germán, se detenía por Cindy. Me dio un abrazo y dijo que todavía me amaba, pero que a Cindy le tomaría un rato perdonarme, si es que lo hacía.

30 de mayo

¡Libre! A media tarde, más o menos, llamaron de la escuela y dijeron que ya no estaba suspendida y que podía volver al día siguiente. Tendría que ir a la oficina a primera hora de la mañana, por supuesto. Además, Germán había retirado los cargos. Eso fue un poco confuso, porque no tenía ningún motivo. Me quedé el resto del día preguntándome qué había pasado. Tal vez Germán se había dado cuenta de que la verdad podía salir a la luz si seguía por esa ruta, y prefirió ser el tipo al que golpeó una chica y no el tipo que violó a una chica. No sé.

31 de mayo

La buena noticia es que la directora me dijo que me dejaban regresar a la escuela porque tenía muy buenas calificaciones y nunca me había metido en problemas. Investigó y descubrió que había atacado a Germán en defensa propia, de acuerdo con el testigo que había interrogado. ¿*Testigo?*, pensé. Apuesto a que fue la chica que estaba con él, a quien había echado a un lado como si no fuera nadie. De cualquier manera, me alegro. La directora también dijo que sabía de mi ingreso a Berkeley y que se aseguraría de que este incidente no acabara en ningún expediente que ellos recibieran. ¡*Queeeé!*, estaba eufórica.

La pésima noticia es que no podré estar en la ceremonia de graduación. Sentí un gran dolor en el pecho y me mareé un poco. La directora dijo que lo sentía mucho. Había logrado que este incidente no estuviera en mi expediente, pero a cambio tuvo que aceptar que, al igual que los demás alumnos de último año que habían sido suspendidos, yo no pudiera recoger mi diploma de graduación ese día.

—Es justo —dijo.

El último rito de iniciación. La última etapa de una adolescente estadounidense... me había sido arrebatada. Ya tenía mi toga y mi birrete. Habíamos invitado a un montón de familiares que no había visto en mil años. Iba a ser un desastre... Otro motivo para que mi mamá me llamara mala niña. Salí confundida de la oficina. Estaba triste por lo del diploma, pero muy contenta de que mi entrada a Berkeley no se hubiera puesto en riesgo. Necesitaba a Cindy y a Sebastián. Tenía que hablar con ellos de lo que había pasado. Sin embargo, no tuve oportunidad. Vi a Martín primero, y seguía enojado porque me negaba a contarle la verdad de mi suspensión, aunque también se alegró de mi regreso. Cuando le dije que no iba a recoger mi diploma, se entristeció, pero estuvo de acuerdo con la directora.

—Tiene razón, Gabi. No sería justo que tú recogieras tu diploma, y los demás no.

Quería empujarlo solo por decirlo. ¡Ya sé que es lo correcto! Pero ¿por qué tenía que decirlo? ¿Acaso no podía estar de mi lado y decir: "¡Qué injusto!"? No, no podía. Martín no es así. Luego vi a Cindy, y seguía enojada conmigo, así que no podía esperar compasión de ella. En cambio, le pregunté si podíamos hablar después de las clases y dijo que sí. A ver qué tal me va.

Más tarde...

Violé la confianza de mi amiga. Ella me había contado algo en secreto y yo no tenía ningún derecho a compartirlo. Lo que debí haber hecho —y solo ahora me doy cuenta, después de investigar en internet (aparentemente es una herramienta que también se puede usar para fines útiles, no solo para el mal)— fue estar ahí para mi amiga y sugerirle que hablara con alguien (un maestro, la policía, un terapeuta). Busqué esta información antes de ir a su casa, e hice una lista de todas las páginas de internet y los números de las líneas de ayuda para casos de violación, para que, si no tenía ganas de hablar conmigo nunca más, tuviera opciones.

Cuando llegué a su casa, Cindy me dejó entrar y nos fuimos a su cuarto. Cerró la puerta.

—¿Sabes, Gabi? Fue muy duro contarte lo que pasó. No quería que nadie supiera. Nadie. Hay días en que no puedo dormir, y no puedo hablar con chicos porque tengo miedo de que me hagan lo mismo. A veces lloro nada más porque sí, y revivo todo. Me pasó a mí. A *mí*, Gabi. No tenías derecho a decir nada.

Cada palabra me hacía sentir más y más pequeña, consciente de cuánto la había regado.

—Cindy, lo siento. Nada que diga lo va arreglar. Lo vi con otra chica y pensé en qué pasaría si le hacía lo mismo que a ti. Y antes de pensarlo dos veces estaba encima de él, pegándole como loca. Estaba muy enojada de que no lo hubieran castigado y de que te hubiera arruinado la vida. Yo sé que no era asunto mío. Y espero que puedas perdonarme.

Cindy sacudió la cabeza.

—No sé. Sé que hiciste lo que considerabas correcto. A una parte de mí le da gusto que lo hicieras. Se merecía eso y más. Pero no cambia cómo me siento.

Estuvimos hablando por horas. Cindy no le había contado a nadie cómo se sentía. O sea, nos había dicho lo que pasó, pero no cómo se sentía. Nunca la había visto tan triste, y me di cuenta de que había sido muy difícil para ella aparentar estar "bien" delante de todos. Es como si hubiera estado actuando. Le di la lista de líneas de ayuda y le sugerí que llamara a alguno de los números.

Me dijo que tenía miedo, pero le aclaré que algunas eran anónimas y podían darle consejos para disminuir su miedo. Seguimos hablando hasta que cambió de tema y dijo que todavía me amaba y éramos amigas. Además, de cierta manera le daba gusto tener una amiga que siempre le cuidaría la espalda en una pelea a cachetadas. Nos echamos a reír. También me dijo que lamentaba que no me dejaran recoger mi diploma junto con los demás, pero que eso no significaba que no pudiera ir a la playa mañana con toda la clase que se graduaba. Tiene razón. Podría disfrutarlo. No podemos estar tristes ni enojadas para siempre.

1 de junio

Día de playa de la clase. Los maestros y los administrativos intentan asustarnos diciendo que nos suspenderán o castigarán si no vamos a la escuela, pero no pueden suspender a doscientos alumnos. La escuela perdería cualquier cantidad de dinero y tendrían que pasarse toda la mañana llamando a los padres. De modo que decidimos ir a la playa de todas formas. La arena estaba repleta de jóvenes que intentaban alargar los últimos momentos de su adolescencia. Era un poco raro estar de vuelta después de que me suspendieran. La gente se me quedaba viendo y me preguntaba por qué me puse como Hulk con uno de los tipos más guapos del campus. "No sé. Todo pasó tan rápido", era todo lo que contestaba. Nadie me creyó por supuesto.

Cindy me había dicho que le podía contar a Martín lo que pasó. Cuando le dije, se volvió a enojar y quería llamar a la policía. Me dijo que no entendía por qué Cindy se estaba poniendo tan difícil, y que con su actitud ella estaba dejando que Germán se saliera con la suya así como así. Le contesté lo mismo que Cindy me había dicho a mí.

—Le pasó a ella, y está lidiando con esto lo mejor que puede. Creo que va a ir a terapia, pero solo podemos apoyarla.

Martín no estaba muy de acuerdo, aunque dijo que respetaría sus deseos.

Llegamos temprano a la playa, y algunos ya estaban ahí. Lo que sucede cuando estás gorda es que los trajes de baño encabezan tu lista de pesadillas, junto con la diabetes, los *leggings* pequeños, los pantalones que se te meten en la vagina, los sostenedores con varilla y un mundo sin queso. Había empacado un traje de baño de dos piezas que había comprado hacía algunas semanas, y me gustaba. Me lo probé entonces y pensé, "Gabi, no te ves como la vaca que crees que eres. Te ves bien". Y me enseñé los pulgares en el espejo del vestidor. Había estado corriendo más seguido y había perdido un poco de peso, así que todo estaba poniéndose en su lugar. Luego pasó el incidente de Germán, y subí como cinco o diez libras. Todavía me queda el traje, pero está más apretado de lo que había esperado. En la mañana intenté animarme: "Qué importa cómo se vean las demás, ¡tú haz lo tuyo!...". *Ay*. Estuve a punto de no ir a la playa. Luego me miré en el espejo y leí mi poema de la semana, "Project Princess", de Tracie Morris. Es sobre una niña que vive en los subsidiados por el gobierno, a quien no le importa lo que la gente piense de ella. Solo hace lo que le hace sentir bien. Luego me miré a los ojos, y dije, "Gabi, supéralo. Te ves espectacular. Te ves de maravilla, así que deja de quejarte o haz algo que te haga sentir mejor".

Respiré hondo, me quité los *shorts* y la playera, y pisé la arena como si fuera mía y me valieran todas las flacas a mi alrededor. Después de un rato ya no me sentí ajena, y nadie hizo comentarios ni le dio importancia a mi apariencia. Otra cosa de ser gorda es que pasas demasiado tiempo preocupándote por eso y le quitas tiempo a la diversión. Pero decidí que hoy sería diferente. Y así fue.

En la tarde, todos empezaron a asar carne, a beber y a fumar marihuana. Algunos incluso tuvieron sexo en una pequeña ensenada. Martín y yo nos topamos con una situación incomodísima, porque intentábamos encontrar una parte vacía de la playa para platicar un rato. Bueno... y para besarnos. Nos topamos con Debby Allen y Michael —de mi clase de física—, dándole con todo. Fue embarazoso. Michael nos mostró los pulgares, y Martín y yo nos alejamos doblados de la risa. Toda la playa parecía una escena de un documental de 1960. Era una locura. Yo no bebí ni fumé, pero definitivamente comí. Había carne asada, hamburguesas y salchichas para alimentarnos por días. Cuando empezaba a atardecer, algunos encendieron fogatas, pero teníamos que llevar a Cindy y a Sabi a su casa (su mamá no quiso darle permiso si no llevaba al bebé a la playa). Los dejamos hace horas, y luego fuimos a casa de Martín. No había nadie, y tuvimos sexo otra vez. Fue mucho mejor esta vez. Llegué a casa desde hace rato y no puedo dormir. Voy a leer un poco. Empecé *Al este del*

Edén, de John Steinbeck. Reescribe la historia bíblica de Caín y Abel, y me está encantando. Steinbeck es un dios de la literatura. Ay, Dios, si les dijera eso a Cindy o a Sebastián, no me dejarían en paz. Y creo que a Martín tampoco se le olvidaría.

2 de junio

Estaba sentada en el sillón viendo novelas con mi mamá y mi tía cuando me di cuenta: son los últimos meses que pasaré con ellas. Las voy a extrañar mucho. Sé que mi mamá y yo tenemos nuestras diferencias (ella odia que sea gorda y yo odio que sea controladora), pero la quiero con todo mi corazón. Claro, se mete a mi cuarto, revisa mis cosas, tira mis deliciosas botanas y busca drogas o cualquier otra evidencia de que soy una hija mala. Sin embargo, nunca ha encontrado nada, porque soy una gran hija. Y también soy muy buena para esconder mis preciados tesoros. ¡Ja! Pero ya, en serio, no creo que sea tan mala como ella cree. Solo está preocupada. Ha estado ahí para mí cuando más la he necesitado, y creo que eso equilibra las cosas. Solo que es una contradicción andando: quiere que sea una mujer fuerte y no permita que ningún hombre me diga qué hacer, y a la vez quiere que sea obediente y me comporte como una linda jovencita (lo que sea que eso signifique): virgen, estoy segura, pero ¿qué más? ¿Una buena cocinera? ¿Una buena lectora? ¿Alguien que sepa hacer tortillas con una mano atada a la espalda? No es posible que ser virgen sea lo único que te convierta en una "linda jovencita", porque conozco a muchas vírgenes que no son lindas de nada, sino engendros de Satán. Pero mi madre insiste en que tener el himen intacto es uno de los requisitos inherentes a la anatomía de una linda jovencita. Sus intenciones son buenas. Probablemente fue difícil para ella haber crecido en un pueblo en los años setenta, donde ser pura y saber limpiar una casa eran características necesarias para el matrimonio... porque a eso debías aspirar. Así que, debe ser muy pesado (supongo) criar a una hija mexicoamericana en el sur de California, en los años 2000, que cree que hacer cosas en la casa y tener el himen intacto están sobrestimados. ¿Qué es bueno, de todas maneras? Sé que el pastel de *espresso* sin harina es bueno porque se derrite en mi boca y siempre quiero más. Sé que los tacos de carne asada son buenos porque mis papilas gustativas me lo dicen, y ellas nunca mienten.

Pero, ¿una buena mujer? ¿Una buena chica? No tengo idea.

Mi tía intenta con todas sus fuerzas ser una "buena" mujer cristiana: usa faldas y vestidos largos, nada de maquillaje, nunca muestra los hombros, no se lleva el cabello corto y no escucha música. Pero no es honesta consigo misma. Y eso no puede ser bueno. Le encanta la música, el sexo, el lápiz labial, las telenovelas y hasta usar pantalones, pero no cede porque alguien dice que las buenas mujeres no se comportan así y —lo que es peor— los hombres no quieren a "esa clase" de mujeres.

Me volvería loca si me quedara aquí con ellas.

4 de junio

Estuve todo el día con Beto en el centro comercial. Compramos comida china asquerosa, una horrible playera que quería y acabamos en el café donde Martín y yo leímos nuestros poemas. Nos sentamos a platicar de todo lo que no habíamos podido hablar, incluido mi papá, Ernie y mi mamá. Beto dice que se siente culpable por decir que odiaba a papá, pero sigue enojado con él por lo que hizo.

Creo que Beto piensa que mi papá se metió una sobredosis a propósito.

Suicidio.

Yo también lo he pensado —incluso se lo mencioné a Martín—, pero me niego a creerlo. No quiero pensar en eso. Fue un accidente. Solo eso. No importa lo que diga Beto. Hablamos de cuán loco es tener un hermanito. Hemos sido solo él y yo durante tanto tiempo, y ahora, dieciséis años después, hay alguien más. Y de cierta manera también es nuestra responsabilidad. Acordamos no contarle a Ernie lo que pasó con papá hasta que termine la prepa. No sé si sea realista. O sea, seguro alguien le dirá algún día: "Oh, ¿tú eres Ernie Hernández? El hijo del tipo que encontraron muerto en el garaje".

¿Por qué? Porque nuestra ciudad es así. Luego Beto dijo algo que me hizo llorar.

—Gabi, cuando te vayas voy a extrañar pelearme contigo y que me lleves a todas partes. Creo que tengo que encontrar otro chofer.

Es su forma de decir "Te voy a extrañar". Tan pronto como me vio llorando, se quejó.

—Ay, Dios, Gabi. Por eso odio hablar contigo de cosas. Siempre acabas llorando. Carajo.

Yo también lo voy a extrañar.

5 de junio

Extraño mucho a mi papá. Lo que pasa es que, si mi papá aún viviera, sé que estaría mucho más estresada de lo que ya estoy. No estaría "aquí", en el tiempo presente. Lo más probable es que estuviera drogándose en algún lado, o aquí en la casa, pero sería agradable saber que no es comida para los gusanos. Una parte de mí sentía que si lo complacía todo el tiempo, si le daba dinero, si lo llevaba a casa de su amigo, si era más amable con él, si sacaba buenas calificaciones, podía salvarlo. Sé que es estúpido y no tiene sentido, pero ojalá hubiera sido así. Sebastián dice que no puedes cambiar a las personas.

—La gente es como es, sin importar cuánto quieras que cambien, Gabi. Y tenemos dos opciones: amarlos y aceptarlos con todos sus defectos, o no. En mi caso, mis padres están eligiendo no aceptarme porque no puedo cambiar, y no voy a pretender ser alguien que no soy. Tu papá era un adicto porque eso quería ser. No podías hacer nada para cambiarlo.

Sebastián puede ser tan profundo a veces.

6 de junio

¡Mi mamá está fuera de control! ¿En serio le es tan difícil comprender que me voy a mudar? Hoy me dijo que, si me mudo, no puedo volver a la casa... Si me voy, hasta aquí llegamos. Puedo venir de visita, pero no volver a vivir aquí. ¿Qué se supone que voy a hacer en el verano? Sé que lo que quiere es que me quede aquí, pero no se da cuenta de que solo me aleja más. No me respeta como hija ni como persona. Todo lo que quiere es que esté ahí cuando ella me necesite. ¿Y mis necesidades? ¡Ja! Le importan un bledo mis necesidades. No me importa lo que diga. Me vale. Me voy.

Más tarde...

Mi mamá vino a hablar conmigo y me dijo que necesito comprenderla. Que solo quiere lo mejor para mí, y que estoy jugando con fuego mudándome tan lejos.

—Hay tantas tentaciones, Gabi. ¿Y si te embarazas? ¿Y si te ofrecen drogas? Aquí por lo menos te puedo echar un ojo. ¿Pero allá?

Me llené de valor y le dije que, si quería tener sexo, podía hacerlo aquí. Que ya me habían ofrecido drogas y había dicho que no. Que ella había educado a una hija semidecente en la que podía confiar. Que me voy a mudar, y que me encantaría que me diera su apoyo, pero que, aun si no me lo daba, me iba a ir. Odio hacer llorar a mi mamá. Creo que lo entendió.

—Pues esta siempre será tu casa —dijo antes de salir de mi cuarto.

Eso era todo lo que necesitaba escuchar. Sabía que antes no había hablado en serio.

8 de junio

Cualquiera que visitara nuestra preparatoria en este momento, pensaría que alguien se murió, pues toda la gente anda llorando y abrazándose. Y es patético, porque tenemos los teléfonos de todos, y probablemente veremos a nuestros amigos los fines de semana o después de clases. Intento comprenderlo. Martín dice que, para mucha gente, la prepa es todo... la mejor época de su vida. Ay, Dios, si se supone que la preparatoria es la mejor época de mi vida, mi existencia va a ser un asco. No puedo imaginar que esto sea todo, que este sea mi máximo. Prefiero pensar "Por fin, ya se acabó". Pero no. Por todas partes se ven explosiones emocionales. Supongo que lo entiendo. Es un rito de iniciación, como empezar a menstruar. Excepto que, al dejar la prepa, tengo la impresión de que no me voy a doblar de dolor por los cólicos. Le ruego al Niño Dios que no sea así. Espero que se parezca más a otros ritos de iniciación, como el sexo: incómodo la primera vez, pero luego ya no.

Debo decir que extrañaré a la señorita Abernard. Nos ha estado entregando poemas sobre superar la adversidad. Mi favorito hasta ahora ha sido "Still I Rise", de Maya Angelou.

12 de junio

Hoy es el día que hubiera caminado hasta el escenario con mi toga y birrete, junto con el resto de mi generación. En cambio, estoy esperando en Pepe's House of Wings, donde he reservado una mesa para diez. Resulta que, cuando te suspenden de la escuela por moler a golpes a un violador, tienes prohibido participar —aun como público— en las actividades de la escuela. Es decir, ni siquiera pude ver a mis amigos recoger su diploma. Estaba muy enojada, pero me consuelo con que todavía puedo ir a Berkeley (con Martín, por supuesto, ¡porque ese novio mío, tan inteligente, también entró!), y eso es lo que importa.

Pero de ninguna manera me iba a perder la comida de Pepe's House of Wings. Eric trabaja aquí, y aun así todavía vengo. Sentada ahí, salivando, pensando en las alitas que pronto vendrían a mí, desvié la mirada hacia la ventana y vi una camioneta roja que me resultó familiar. Se abrió la puerta del pasajero ¡y se bajó mi tía Bertha, vestida con la ropa de Satán! ¡Pantalones y una blusa de mangas cortas! Se había cortado el cabello y —la cereza en el pastel— ¡traía pintados los labios de rosa brillante! ¿La tía Bertha en público con un hombre? "¿Se va a acabar el mundo?", pensé. ¿Me escondo? Intenté mantener la compostura cuando entró, pero casi me tiro al piso cuando me lo *presentó*.

—Gabi, este es Raúl. Raúl, mi sobrina Gabi. La que te conté que se va a la universidad.

Ay, caramba. No podía ni darle la mano de la impresión. Apuesto a que tenía los ojos superabiertos, porque la tía Bertha me preguntó si estaba bien. Solo pude sacar un "Ajá".

Cuando Raúl se fue al baño, le hablé a mi tía.

—¿Pantalones? ¿Lápiz labial? ¿Y su pelo? ¿Qué pasa, tía?

—Gabi, el otro día me hiciste pensar en mi vida. Tal vez no lo sepas, pero me gustan los hombres.

Casi escupo la limonada. Todos lo saben.

—Y pues —lo dijo sin dudar—, me he sentido sola. Cuando tu padre murió, no supe qué hacer. Sentí que le había fallado a Dios y que por eso había muerto mi hermano. Como si Dios me estuviera castigando por amar a los hombres. Pero luego me di cuenta de que no tenía nada que ver conmigo. Mi hermano estaba enfermo y eligió su camino desde el primer momento en que tomó esa pipa, y probablemente había muy poco que yo pudiera hacer para ayudarlo. Me enojé con Dios, Gabi. Fue un tiempo muy confuso para mí, y por eso me fui.

Cuando volví, fingí que era feliz. Cuando dijiste eso de "ser buena" y me lastimaste, me di cuenta de que no valía la pena. Vivir una mentira es doloroso y no le hace bien a nadie. Tenía que ser honesta conmigo misma, porque Dios sabía de todas maneras que estaba mintiendo.

Si al inicio del año escolar alguien me hubiera dicho, "Gabi, vengo del futuro para decirte que no vas a ir a tu graduación, sino a Pepe's House of Wings para pasar el rato con tu tía Bertha y su novio", me hubiera reído en su cara y le hubiera dicho que dejara de fumar hierba. Pero sucedió, y no fue tan extraño como pensé (bueno, sí, fue bastante extraño). Hablamos un rato, y cuando volvió su novio me enteré que trabaja en construcción y vendía tacos los fines de semana afuera de una licorería en Stuffix (intenté que no se notara lo emocionada que estaba ante el prospecto de tener un suministro ilimitado de tacos gratis, pero creo que se dio cuenta). Mi tía mira a Raúl de la misma forma en que yo miro a Martín. Él la hace feliz y la ayuda a ver que es más fuerte de lo que pensaba. No es que él la haga más fuerte, sino que la ayuda a darse cuenta de que siempre lo ha sido.

Martín fue el primero en llegar. Me compró flores (qué nerd). Tan pronto como entró, me dio un beso en la mejilla y fue a ordenar alitas con pimienta y limón. En verdad somos una hermosa pareja. Poco después llegaron los demás. Mi mamá y Beto —con Ernie en los brazos— estaban discutiendo sobre por qué debía dejarlo ir a acampar con sus amigos toda una semana. Lo más seguro es que ceda más tarde. Cindy y

Sebastián llegaron con la música a todo volumen, todavía con sus togas y birretes, dejando muy claro lo emocionados que estaban. No voy a mentir, todavía me siento muy mal por no haber ido a la ceremonia —siento que me fallé a mí misma—, pero al ver a mi hermosa y colorida familia estadounidense junta, compartiendo una mesa ligeramente pegajosa en uno de los mejores restaurantes de alitas de todo el mundo, en una zona comercial en decadencia, sentí que todo era como debía ser, que todas las cosas que me preocupaban se arreglarían.

Y si a alguien le cuesta trabajo entenderlo, pues... se puede ir a la mierda.

Agradecimientos

En primer lugar, quiero darle las gracias a Cinco Puntos. La tercera es la vencida. En especial a Lee, por todo su conocimiento, que mejoró y fortaleció este libro. No sé qué decir. La familia Byrd creyó en mi libro hace seis años y le dio a Gabi la oportunidad de dirigirse al mundo. Darles las gracias no es suficiente, pero es todo lo que tengo.

Gracias, Zeke Peña, por tu maravilloso arte.

Gracias a todos mis maestros, sobre todo a la señorita Brenda Agard, que en décimo grado me hizo memorizar "cualquiera vivía en un bonito pueblo cómo", de e. e. cummings, y cambió mi vida para siempre. También agradezco a la señorita Edie Sonnenburg (gracias por pagar mis SAT y ACT), a la señorita Schneider (por decirme que era la mejor lectora de la clase), a la señora Osti (por volver mágica la lectura), al señor Alford (por regalarme la colección de *Escalofríos* esa Navidad que recibimos la canasta), a la señorita Beverly Siddons (por hacernos pensar y pensar y pensar), a la señorita Marilyn Erdei (por decirme que mis hábitos académicos nunca iban a cambiar y no podía estar en la clase avanzada de literatura), a la señorita Linda Laing (que volvió divertida la escuela), a la doctora Ellen Gil Gómez (simplemente maravillosa y siempre un apoyo), a la doctora Julie Peagle (que sugirió que tomara en serio esto de escribir), a la doctora Jackie Rhodes (por ser tan tremenda).

Gracias a PoetrIE, mi familia literaria. Estaré siempre

agradecida por el ánimo, las palmadas, los "eso no funciona", "sigue mandando cosas", "sigue mandando cosas", y por su amistad: Larry Eby, Jason E. Keller, Aaron Reeder, Mouse y Cherie Rouse, son geniales. Pero a la poeta/artista/exhippie y a veces compañera de casa, Cindy Rinne, gracias por tomarte el tiempo de leer y hacer comentarios sobre este libro más de una vez. A Connie López Hood, increíble poeta, alma generosa e hija del universo, gracias por tus revisiones, tus palabras amables y tu honestidad con relación a las cosas que no tenían sentido.

A Elisa Grajeda Urmston, por su investigación y por alimentar mi ego.

Gracias, Angela Asbell, por explicarme lo que era un zine ese día, hace tanto tiempo.

Gracias a Micah Chatterton por escuchar.

A Gaby Íñiquez, por emocionarse hace siete años, cuando le mostré el primer manuscrito.

Un agradecimiento inmenso a Orlando Ramírez, por ayudarme a volver poeta a Gabi.

A Michele Serros, por ayudarme a descubrir mi voz a través de sus palabras y sus consejos.

Un agradecimiento enorme a mi familia política, y a mis sobrinos, por su apoyo. Son demasiados para listarlos.

A mi familia Trapp: a todos los maestros, el personal y los padres que me animaron, gracias. En especial a Linda Stoll, mi Lindy Lou.

A Maggie Coates, por darme su visto bueno.

A mis hermanas, April, Amanda, Dow, Lety, Rita, Lauron, Karina, Vanessa, Ofelia y Mary Ann. Tenían razón, sí se puede. Gracias a Eli Cornelius y Chrysta Wong Sierra, por ser siempre tan auténticos. Siempre. A Lisha, por *todo*. A Juan Bahena, por responder *todas* mis preguntas interesantes. A Lupita, Ana, Ruth y Mago, por siempre creer.

A la familia Flores por su apoyo.

Y por último gracias a mi familia: a mi mamá, Lupe, y a mi papá, Víctor, por todos los sacrificios que hicieron para cubrir nuestras necesidades. Sin su apoyo, nunca hubiera llegado tan lejos. A mi hermano menor, Víctor, que me apoya y me anima siempre, excepto cuando bailo en público y lo avergüenzo.